中篇小说经典系列

迟子建

著

世界上所有的夜晚

插图本

长江出版传媒　长江文艺出版社

图书在版编目（CIP）数据

世界上所有的夜晚 / 迟子建著. -- 武汉：长江文艺出版社，2023.10（2025.8 重印）
（中篇小说经典系列）
ISBN 978-7-5702-2793-8

Ⅰ.①世… Ⅱ.①迟… Ⅲ.①中篇小说-中国-当代 Ⅳ.①I247.5

中国版本图书馆 CIP 数据核字（2022）第 122613 号

世界上所有的夜晚
SHIJIE SHANG SUOYOU DE YEWAN

| 责任编辑：杜东辉 | 责任校对：毛季慧 |
| 封面设计：璞茜设计 | 责任印制：邱 莉　王光兴 |

出版：长江出版传媒　长江文艺出版社
地址：武汉市雄楚大街 268 号　　邮编：430070
发行：长江文艺出版社
http://www.cjlap.com
印刷：武汉市首壹印务有限公司

开本：880 毫米×1230 毫米　1/32　　印张：4.75
版次：2023 年 10 月第 1 版　　2025 年 8 月第 3 次印刷
字数：52 千字

定价：28.00 元

版权所有，盗版必究（举报电话：027—87679308　87679310）
（图书出现印装问题，本社负责调换）

目 录

第一章 魔术师与跛足驴
/ 003

第二章 蒋百嫂闹酒馆
/ 017

第三章 说鬼的集市
/ 035

第四章 失传的民歌
/ 060

第五章 沉默的冰山
/ 083

第六章 永别于清流
/ 125

世界上所有的夜晚

迟子建

第一章　魔术师与跛足驴

我想把脸涂上厚厚的泥巴，不让人看到我的哀伤。

我的丈夫是个魔术师，两个多月前的一个深夜，他从逍遥里夜总会表演归来，途经芳洲苑路口时，被一辆闯红灯的摩托车撞倒在灯火阑珊的大街上。肇事者是个郊县的农民，那天因为菜摊生意好，就约了一个修鞋的，一个卖豆腐的，到小酒馆喝酒划拳去了。他们要了一碟盐水煮毛豆，三只酱猪蹄，一盘辣子炒腰花，一大盘烤毛蛋，当然，还有两斤烧酒。吃喝完毕，已是月上中天的时分了，修鞋的晃晃悠悠回他租住的小屋，卖豆腐的找炸油条的相好去了，只有这个菜农，惦着老婆，骑上他那辆破烂不堪的摩托车，赶着夜路。

这些细节，都是肇事后进了看守所的农民对我讲的。他说那天不怪酒，而是一泡尿惹的祸。吃喝完毕，他想撒尿，可是那样寒酸的小酒馆是没有洗手间的，出来后想去公厕，一想要穿过两条马路，且那公厕的灯在夜晚时十有八九是瞎的，他怕黑咕隆咚地一脚跌进粪坑，便想找个旮旯方便算了。菜农朝酒馆背后的僻静处走去。谁知僻静处不僻静，一男一女啧啧有声地搂抱在一起亲吻，他只好折回身上了摩托车，想着白天时走四十分钟的路，晚上车少人稀，二十多分钟也就到了，就憋着尿上路了。尿的催促和夜色的掩护，使他骑得飞快，早已把路口的红灯当做被撇出自家园田的烂萝卜，想都不去想了，灾难就是在这时如七月飞雪一样，让他在瞬间由温暖坠入彻骨的寒冷。

街上要是不安红绿灯就好了,人就会瞅着路走,你男人会望到我,他就会等我过去了再过。菜农说这话的时候,嘴角带着苦笑。

小酒馆要是不送那壶免费的茶就好了,那茶尽他妈是梗子,可是不喝呢又觉得亏得慌。卖豆腐的不爱喝水,修鞋的只喝了半杯,那多半壶水都让我饮了!菜农说,哪知道茶里藏着鬼呢!

菜农没说,肇事之后,他尿湿了裤子,并且委屈地跪在地上拍着我丈夫的胸脯哭嚎着说,我这破摩托跟个瘸腿老驴一样,你难道是豆腐做的?老天啊!

这是一位下了夜班的印染厂的工人、一个目击者对我讲的。所以第一个哭我丈夫的并不是我,而是"瘸腿老驴"的主人。

我去看这个菜农，其实只是想知道我丈夫在最后一刻是怎样的情形。他是在瞬间就停止了呼吸，还是呻吟了一会儿？如果他不是立刻就死了的，弥留之际他说了什么没有？

当我这样问那个菜农的时候，他喋喋不休地跟我讲的却是小酒馆的茶水、烧酒，没让他寻成方便的那对拥吻的男女，红绿灯以及那辆破摩托。这些全成了他抱怨的对象。他责备自己不是个花心男人，如果乘着酒兴找个便宜女人，去小旅馆的地下室开个房间，就会躲过灾难了。他告诉我，自从出事后，他一看到红色，眼睛就疼，就跟一头被激怒的公牛一样，老想撞上去。

我那天穿着黑色的丧服，所以他看待我的目光是平静的。他告诉我，他奔向我丈夫时，他还能哼哼几声，等到急救车来了，他一声都不能哼了。

他其实没遭罪就上天享福去了,菜农说,哪像我,被圈在这样一个鬼地方!

我看你还年轻,模样又不差,再找一个算了!这是我离开看守所时,菜农对我说的最后一句话。他那口吻很像一个农民在牲口交易市场选母马,看中了一匹牙口好的,可这匹被人给提前预订了,他就奔向另一匹牙口也不错的马,叫着,它也行啊!

可我不是母马。

我从来不叫丈夫的名字,我就叫他魔术师,他可不就是魔术师么!十几年前,我还在一所小学教语文,有一年六一儿童节,我带着孩子们去剧场看演出。第一个出场的就是魔术师,他又高又瘦,穿一套黑色燕尾服,戴着宽檐的上翘的黑礼帽,白手套,拄一根金色的拐杖,在大家的笑声中上场了。他一登台,就博得一阵掌声,他鞠了一个躬,拐杖突然掉在地上,等到他捡起它时,金色的拐杖已经成了翠绿色的了,他诧异地举着它左看右看时,拐杖又一次"失手"落在地上,等他又一次捡起时,它变为红色的了。让人觉得舞台是个大染缸,什么东西落在上面,都会改变颜色。谁都明白魔术师手中的物件暗藏机关,但是身临其境时,你只觉得那根手杖真的是根魔杖,蕴藏着无限风云。

我大约就是在那一时刻爱上魔术师的,能让孩子们绽开笑容的身影,在我眼中就是奇迹。

奇迹是七年前降临的。

由于我写的几篇关于儿童心理学方面的论文在国家级学刊上发表了,市妇女儿童研究所把我调过去,当助理研究员。刚去的时候我雄心勃勃地以为自己会干一番大事业,可是研究所的气氛很快让我产生了厌倦情绪。

这个单位一共二十个人，只有四名男的。太多的做学问的女人聚集在一起绝不是什么好事情，大家互相客气又互相防范，那里虽然没有争吵，可也没有笑声，让人觉得一脚踩进了阴冷陈腐的墓穴。由于经费短缺，所有的课题研究几乎很难开展和深入，我开始后悔离开了学校，我怀念孩子们那一张张葵花似的笑脸。研究所订阅了市晨报和晚报，报纸一来，人们就像一群饥饿的狗望见了骨头，争相传阅。我就是在浏览晚报的文体新闻时，看到一篇关于魔术师的访问，知道他的生活发生了变故的。原来他妻子一年前病故了，他和妻子感情深厚，整整一年，他没有参加任何演出。现在，他准备重返舞台了。我还记得在采访结束时，魔术师对记者所讲的那句话：生活不能没有魔术。

我开始留意魔术师的演出，无论是在大剧院还是小剧场的演出，我都场场不落。我乐此不疲地看他怎样从拳头中抽出一方手帕，而这手帕倏忽间就变为一只扑棱棱飞起的白鸽；看他如何把一根绳子剪断，在他双手抖动的瞬间，这绳子又神奇地连接到了一起。我像个孩子一样看得津津有味，发出笑声。魔术师那张瘦削的脸已经深深地雕刻在我心间，不可磨灭。

有一天演出结束，当观众渐渐散去，他终于向台下的我走来。他显然注意到了我常来看他的表演，而且总是买最贵的票坐在首排。他对我说的第一句话是，你想学魔术？

我没有学成魔术，我做了魔术师的妻子。

我们结婚的时候，他所在的剧团的演出已经江河日下，进剧场的人越来越少了。魔术师开始频繁随剧团去农村演出。最近几年，他又迫不得已到一些夜总会去。

那些看厌了艳舞、唱腻了卡拉OK情歌的男人们，喜欢在夜晚与小姐们厮混得透出乏味时，看一段魔术。有时看到兴头上，他们就把钞票扬到他的脸上，吆喝他把钞票变成金砖，变成女人的绣花胸衣。所以魔术师这几年的面容越来越清癯，神情越来越忧郁。他多次跟剧团的领导商量，他不想去夜总会了，领导总是带着企求的口吻说，你是个男人，没有性骚扰的问题，他们看魔术，无非就是寻个乐子，你又不伤筋动骨的；唱歌的那些女的，有时在接受献花时还得遭受客人的"揩油"呢，人家顺手在胸脯和屁股上摸一把，她们也得受着。为了剧团的生存，你就把清高当成破鞋，给撇了吧！

　　魔术师只得忍着。他在夜总会的演出，都是剧团联系的。演出报酬是四六开，他得的是"四"，剧团是"六"。他常用得来的"四"，为我买一束白百合花，一串炸豆腐干或者是一瓶红酒。

月亮很好的夜晚,我和魔术师是不拉窗帘的,让月光温柔地在房间点起无数的小蜡烛。偶尔从梦中醒来,看着月光下他那张轮廓分明的脸庞,我会有一种特别的感动。我喜欢他凸起的眉骨,那时会情不自禁抚摸他的眉骨,感觉就像触摸着家里的墙壁一样,亲切而踏实。

可这样的日子却像动人的风笛声飘散在山谷一样,当我追忆它时,听到的只是弥漫着的苍凉的风声。

魔术师被推进火化炉的那一瞬间,我让推着他尸体的人停一下,他们以为我要最后再看他一眼,就主动从那辆冰凉的跟担架一样的运尸车旁闪开。我用手抚摸了一下他的眉骨,对他说,你走了,以后还会有谁陪我躺在床上看月亮呢?你不是魔术师么,求求你别离开我,把自己变活了吧!

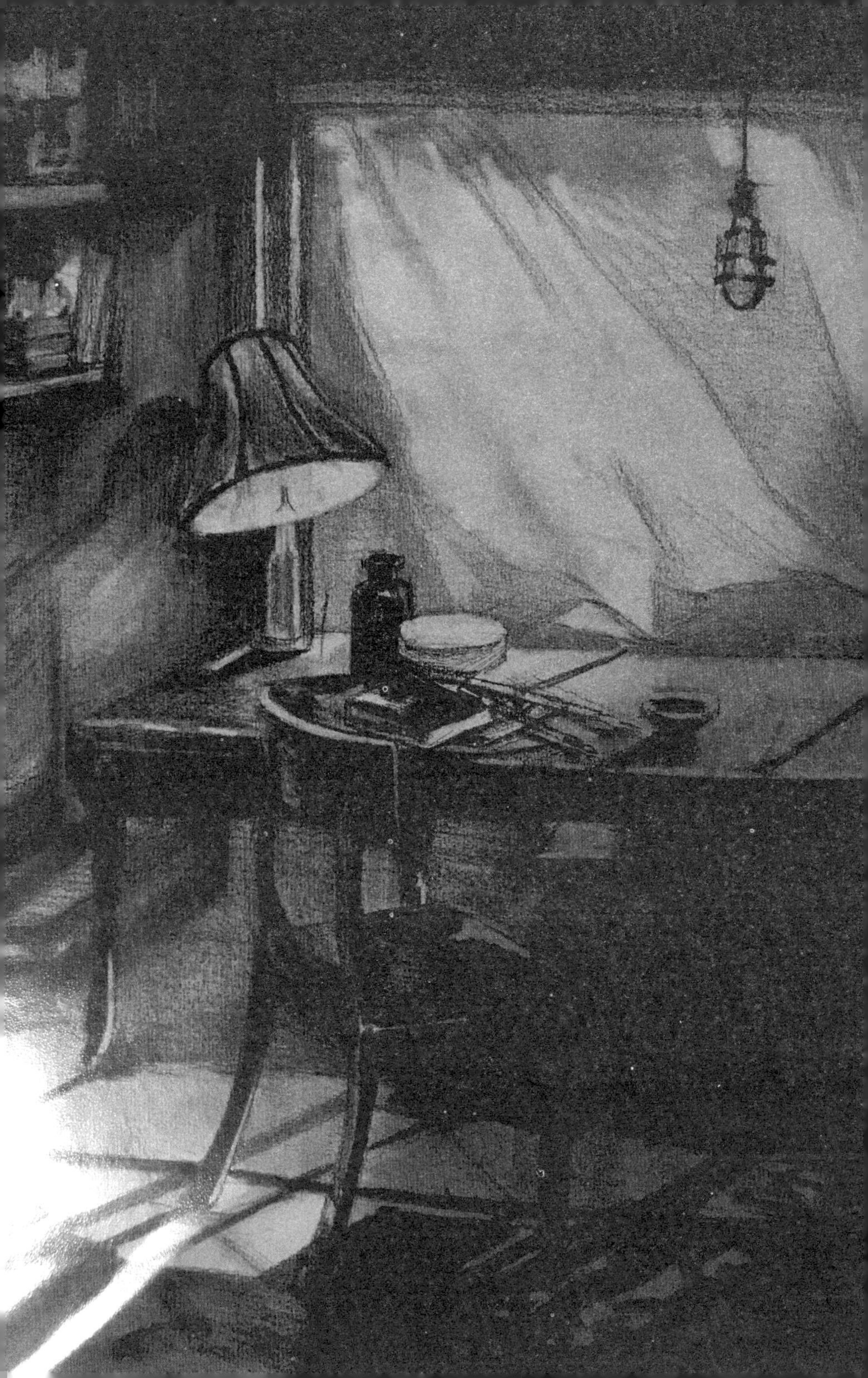

迎接我的，不是他复活的气息，而是送葬者像涨潮的海水一样涌起的哭声。

奇迹没有出现，一头瘸腿老驴，驮走了我的魔术师。

我觉得分外委屈，感觉自己无意间偷了一件对我而言是人世间最珍贵的礼物，如今它又物归原主了。

我决定去三山湖旅行。

三山湖有著名的火山喷发后形成的温泉，有一座温泉叫"红泥泉"，据说淤积在湖底的红泥可以治疗很多疾病，所以泡在红泥泉边的人，脸上身上都涂着泥巴，如一尊尊泥塑。当初我和魔术师在电视中看到有关三山湖的专题片时，就曾说要找某一个夏季的空闲时光，来这里度假。那时我还跟他开玩笑，说是湖畔坐满了涂了泥巴的人，他肯定会把老婆认错了。魔术师温情地说，只要人的眼睛不涂上泥巴,我就会认出你来,你的眼睛实在太清澈了。我曾为他的话感动得湿了眼睛。

如今独自去三山湖,我只想把脸涂上厚厚的泥巴,不让人看到我的哀伤。我还想在三山湖附近的村镇走一走,做一些民俗学的调查,收集民歌和鬼故事。如果能见到巫师就更好了。我希望自己能在民歌声中燃起生存的火焰,希望在鬼故事中找到已逝人灵魂的居所。当然,如果有一个巫师真的会施招魂术,我愿意与魔术师的灵魂相遇一刻——哪怕只是闪电的刹那间。

第二章　蒋百嫂闹酒馆

我在乌塘下车了。不是我不想去三山湖,而是前方突降暴雨,一段山体滑坡,掩埋了近五百米长的路基,火车不得不就近停靠在乌塘。铁路部门说,抢修最快要两天时间。旅客们怨气冲天,一会儿找车长要求赔偿,一会儿又骂滑坡的山体是老妓女,人家路基并没想搂抱你,你往它身上扑什么呀。没人下车,好像这列车是救生艇,下了就没了安全保障似的。

在旅行中不能如期到达目的地,在我已不是第一次了,这里既有不可抗拒的天气因素,也有人为的因素。

有一次去绿田，长途客车就在一个叫黑水堡的寨子停了整整十个小时。茶农因不满茶园被当地的高尔夫球场项目所征用，聚集在交通要道上，阻断交通，要向当地政府讨一个"说法"。茶农们席地而坐的样子，简直就是一幅乡野的夜宴图。他们有的吃着凉糕，有的就着花生米喝烧酒，有的啃着萝卜，还有的嚼着甘蔗。最后政府部门不得不出面，先口头答应他们的请求，他们这才离开公路。记得当地的交警呵斥他们撤离公路，说他们这样做是违法的时候，茶农理直气壮地说，霸占了我们茶园就不算违法了？领导先违法，我们后违法，要是抓人，也得先抓他们！

乌塘是煤炭的产地，煤窑很多，空气污浊。滞留在列车上的旅客开始向服务员大喊大叫，他们要免费的晚餐，那已是黄昏时分了。车窗外已经聚集了一些招揽生意的乌塘妇女，她们个个穿着质差价廉的艳俗的衣裳，不是花衣红裙粉鞋子，就是紫衣黄裤配着五彩的塑料项链，看上去像是一群火鸡。她们殷勤地召唤列车上的人下车，都说自己的旅店的床又干净又舒服，一日三餐有稀有干、荤素搭配。有几个男人禁不住热汤热水和床的诱惑，率先下车了。我正在犹豫着，邻座的一位奶孩子的妇女撇着嘴对她身旁的一个呆头呆脑的男人说，这火车也真不会找地方坏，坏在乌塘这个烂地方！人家说这里下煤窑的男人死得多，乌塘的寡妇最多。还真是啊，瞧瞧站台上那些个女的，一个个八辈子没见过男人的样子！她鄙夷地扫了一眼那些女人，然后垂头把奶头从孩子的嘴里拔出来，怨气冲冲地说，我这对奶子摊上你们爷俩儿算是倒霉，白天奶小的，黑天喂大的，没个闲着的时候！今晚有没有饭还两说着呢，小东西可不能把我给抽干了!她怀中的婴儿因为丢了奶头,哇哇哭闹着。妇女没办法,只得又把那颗黑莓似的奶头摁回婴儿的嘴里。婴儿立刻就止了哭声,咂着奶。女人骂,小东西长大了肯定不是个好东西,一个有奶就是娘的主儿!

乌塘寡妇多,而我也是寡妇了,妇女的话让我做了下车的决定。我将茶桌上的水杯收进旅行箱,走下火车。

脚刚一落到站台的水泥青砖上,就感觉黄昏像一条金色的皮鞭,狠狠地抽了我一下。在列车上,因为有车体的掩护,夕照从小小的窗口漫进车厢,已被削弱了很多的光芒,所以感受不到它的强度。可一来到空旷之地,夕阳涌流而来,那么的强烈,那么的有韧性。光与光密集的聚合与纠集,就有了一股鞭打人的力量。

七八条女人的胳膊上来撕扯我,企图把我拉到她们的店里去。我选中了独自站在油漆斑驳的栏杆前袖着手的一个妇女。她与其他女人一样打扮得很花哨，一条绿地紫花的裤子，一件粉地黄花的短袖上衣。她的头发烫过，由于侍弄得不好，乱蓬蓬的，上面落了一层棉花绒子，看来她先前在家做棉活来着。她脸庞黑红，皮肤粗糙，厚眼皮，塌鼻子，两只眼睛的间距较常人宽一些，嘴唇红润。她的那种红润不刺目，一看就不是唇膏的作用，而是从体内散发出的天然色泽。我拨开众人朝她走去的时候，她冲我笑笑，说，你愿意住我家的店么？我说是。她上下左右地仔细打量了我一番，说，我家的店不高级，不过干净。我说这就足够了。妇女又说，我没有发票开给你。我说我不需要。她这才接过我的旅行箱，引领我走出站台。

乌塘的站前广场是我见过的世界上交通工具最复杂

的了。它既有发向下辖乡镇的长途客车,还有清一色的夏利牌出租车,以及农用三轮车和脚踏人力车。最出乎意料的,几挂马车和驴车也堂而皇之地停泊在那里。不同的是机械车排出的是尾气,而马车驴车排出的则是粪球。

妇女擤了一把鼻涕,把我领向西北角的一辆驴车。车上坐着一个仰头望天的瘦小男孩,也就八九岁的光景。妇女吆喝一声,三生,有客人了,咱回去吧!那个叫三生的男孩就低下头来,怯生生地看着我。他穿一条膝盖露肉的皱巴巴的蓝布裤子,一件黄白条相间的背心,青黄的脸颊,矮矮的鼻梁,一双豆荚似的细长眼睛透着某种与他年龄不相称的忧郁。妇女把箱子放在驴车上,把一张叠起的白毡子展开,唤我坐上去,而三生则拍了一下驴的屁股,说,草包,走了!看来"草包"是驴的名字。

草包拉着三个人和一只旅行箱,朝城西缓缓走去。我问妇女要走多久。她说驴要是偷懒的话,得走二十分钟;要是它顺心意,十分八分也就到了。看草包那不慌不忙的样子,我知道十分八分抵达的可能性是不存在了。不过,草包倒不像头要偷懒的驴,它并不东张西望,只是步态有些踉跄。它不是年纪大了,就是在此之前干了其他的活儿而累着了。在一个陌生的地方,我喜欢这种慢条斯理的前行节奏,这样我能够更细致地打量它的风貌。所以我觉得雄鹰对一座小镇的了解肯定不如一只蚂蚁,雄鹰展翅高飞掠过小镇,看到的不过是一个轮廓;而一只蚂蚁在它千万次的爬行中,却把一座小镇了解得细致入微,它能知道斜阳何时照耀青灰的水泥石墙,知道桥下的流水在什么时令会有飘零的落叶,知道哪种花爱招哪一类蝴蝶，知道哪个男人喜欢喝酒，哪个女人又喜欢歌唱。我羡慕蚂蚁。当人类的脚没有加害于它时，它就是一个逍遥神。而我想做这样一只蚂蚁。

乌塘的色调是灰黄色的。所有楼房的外墙都漆成土黄色，而平房则是灰色的。夕阳在这土黄色与灰色之间爬上爬下的，让灰色变得温暖，使土黄色显得亮丽。街巷中没有大树，看来这一带人注意绿化是近些年的事情，所以那树一律矮矮瘦瘦的，与富有沧桑感的房屋形成了鲜明对照。正值下班高峰，街上行人很多。有的妇女挎着一篮青菜急急地赶路，而有的老头则一手牵着放学的孩子，一手擎着半导体慢吞吞地走着。一家录像厅张贴的海报是一对男女激情拥吻的画面，从音像店传出流行歌曲的节拍。酒馆的幌子高高挑起，发廊门前的台阶上站着叉着腰的招揽生意的染着黄头发的女孩子。这情景与大城市的生活相差无二，不同的是它被微缩了，质地也就更粗粝些、强悍些。所以有家旅馆的招牌上公然写着"有小姐陪，价格面议"的字样，不似大城市的宾馆，上门服务是靠入住房间的电话联络，交易进行得静悄悄的。

草包穿城而过，渐渐地车少人稀，斜阳也凋零了，收回了纤细的触角。腕上的手表已丢失了二十分钟，驴车却依然有板有眼地走着。我知道妇女撒了谎，驴无论如何地疾走，十分八分抵达也是天方夜谭。妇女见我不惊不诧，倒不好意思了。她说，草包起大早拉了两小时的磨，累着了，走得实在是太慢了。我便问她驴拉磨是做豆腐还是摊煎饼。妇女说做豆腐呀！接着她告诉我住她家的基本是熟客，老客人喜欢闻豆子的气味。我明白她家既开豆腐房又开旅店，便称赞她生意做得大。妇女说,大什么大呀,不过一座小房子,前面当旅店,后面做豆腐房,赚个吃喝钱呗!我指着男孩问妇女,这是你儿子?妇女说,他是蒋百嫂的儿子,我家和他家是邻居。我儿子可比他大多了,我十八岁就偷着结婚了,我儿子都在沈阳读大学了!她说这话时,带着一种自得的语气,我的心为之一沉。我和魔术师没有孩子,如果有,也许会从孩子身上寻到他的影子。就像一棵树被砍断了,你能从它根部重新生出的枝叶中,寻觅到老树的风骨。

驴车终于停在一条灰黄的土路上,天色已经暗淡了。那是一座矮矮的青砖房,门前有个极小的庭院,栽种着一些杂乱无章的花草。路畔竖着一块界碑似的牌匾,蓝地红字,写着"豆腐旅店"四个字。妇女让男孩卸下驴,饮它些水,而她则提着旅行箱,引我进屋。

这屋子阴凉阴凉的，想必是老房子吧。空气中确实洋溢着一股浓浓的豆香气，房间比我想象的要好，虽然七八平方米的空间小了些，但床铺整洁，窗前还有一桌一椅。床下放着拖鞋和痰盂，由于没有盥洗室，门后放置着脸盆架。墙壁雪白雪白的，除了一个月份牌，没有其他的装饰，简洁而朴素。窗帘也不是常见的粉色或绿色，而是紫罗兰色的。没有想到这个女人在打扮屋子上比打扮自己有眼力。

妇女说，这是单间，一天三十块钱，厕所在街对面，晚上小解就用痰盂。饭可以在这里吃，也可以到街上的小饭馆。附近有五六个饭馆，各有各的风味。她向我推荐一个叫暖肠的酒馆，说是这家的鱼头豆腐烧得好。我答应着。她和颜悦色地为我打来一盆洗脸水。简单地梳洗了一番，我就出门去寻暖肠酒馆了。

天色越来越暗淡,这座小城就像被泼了一杯隔夜茶,透出一种陈旧感。酒馆的幌子都是红色的,它们一律是一只,要么低低地挂在门楣上,要么高高地挂在木杆上。一辆满载煤炭的卡车灰头土脸地驶过,接着一辆破烂不堪的面包车像个乞丐一样尘垢满面地与我擦肩而过。跟着,一个推着架子车的老女人走了过来,车上装着瓜果梨桃,看来是摆水果摊的小贩。我向她打听暖肠酒馆,她反问我买不买水果。我说不买。她就一撇嘴说,那你自己去找吧。我便知趣地买了两斤白皮梨,她这才告诉我,暖肠酒馆就在前方二百米处,与杂货店相挨着,不过"暖肠"的"肠"字如今被燕子窝占了半边,看上去成了"暖月"酒馆。当我提着梨寻暖肠酒馆的时候,遇见了一条无精打采的狗。它瘦得皮包骨,像是一条流浪的狗。我摸出一只梨撇给它,它吃力地用前爪捉住，嗅了嗅，将梨叼在嘴中，到路边去了。它趴下来吃梨，而不是站着，看上去气息恹恹的。

一对老人路过这里，看见这狗，一齐叹了口气。老头说，它这又是去汽矿站迎蒋百去了，主人不回来，它就不进家门！老太太则感慨地说，一年多了，它就这么找啊找的，我看蒋百不回来，它也就熬干油了。哪像蒋百嫂，这一年多，跟了这个又跟那个，听说她前两天又把张大勺领回家了！你说张大勺摞起来没有三块豆腐高，她也看得上！蒋百要是回来，还不得休了她！看来还是狗忠诚啊！

未见蒋百嫂，却先见了她的儿子和她家的狗，这使我对蒋百嫂充满了好奇。

暖肠酒馆的"肠"字的右边果然被燕子窝占领了。窝里有雏燕，燕妈妈正在喂它们。雏燕从窝里探出光秃秃的脑袋，张着嘴等食儿。

未进酒馆，先被一股炒尖椒的辣味呛出了一个喷嚏，接着听得一个女人大声吆喝，再烫一壶酒来！我掀开门帘，进得门去。

酒馆的店面不大，只有六张桌子，两个大圆桌，四个小方桌。店里只有三个酒客，两男一女。两个男人年岁都不小了，守着几碟小菜对饮着。而坐在窗前方桌旁的女人则有好几盘菜伺候着。见我进来，她扬起一条胳膊召唤我，说，姐们，过来陪我喝两盅！她看上去三十来岁，穿一件黑色短袖衫，长脸，小眼睛，眼角上挑；厚嘴唇，梳着发髻，胳膊浑圆浑圆的，看上去很健硕。她已喝得面颊潮红，目光飘摇。我以为碰到了酒疯子，没有理睬她，拣了一张干净的方桌坐下，这女人就被激怒了，她先是将酒盅摔在地上，然后又将一盘土豆丝拂下桌子。那地是青石砖的,它天生就是瓷器的招魂牌,酒盅和盘子立刻魂飞魄散。这时店主闻声出来说,蒋百嫂,你又闹了;你再闹,以后我就不让你来店里吃酒了!蒋百嫂咯咯笑了,她用手指弹了一下桌子,说,我要是陪你睡一夜,你就不这么说话了!店主看上去是个忠厚的人,他讪笑着摇头,说,公安局这帮人也真是饭桶,你家蒋百丢了一年多了,活不见人,死不见尸,他们至今也没个交代!蒋百嫂本来已经安静了,店主的话使她的手又不安分了,她干脆站了起来,抡起坐过的椅子,哐嚓哐嚓地朝桌上的菜肴砸去。辣子鸡丁和花生米四处飞溅,细颈长腰的白瓷酒壶也一命呜呼了。蒋百嫂边砸边说,我损了东西我赔,赔得起!那两位酒客侧过身子望了望蒋百嫂,一个低声说,可惜了那桌菜;另一个则叹息着说,女人没了男人就是不行!他们并不劝阻她,接着吃喝了,看来习以为常了。

蒋百嫂发泄够了,拉过一把干净的椅子,气喘吁吁地坐上去,像是刚逃离了一群恶狗的围攻,看上去惊魂未定。店主拿着笤帚和撮子收拾残局,蒋百嫂则把目光放到了窗外。暮色浓重,有灯火萦绕的屋里与屋外已是两个世界了。蒋百嫂忽然很凄凉地自语着,天又黑了,这世上的夜晚啊!

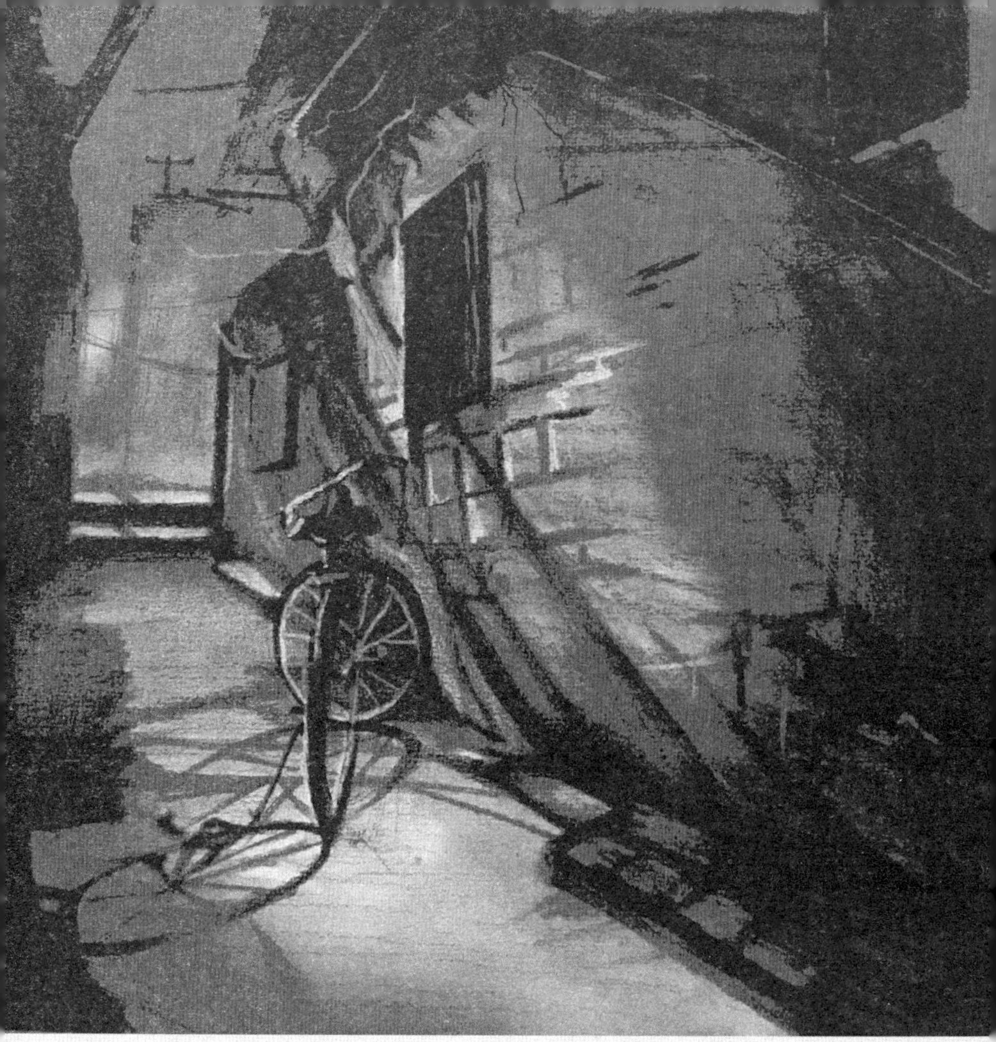

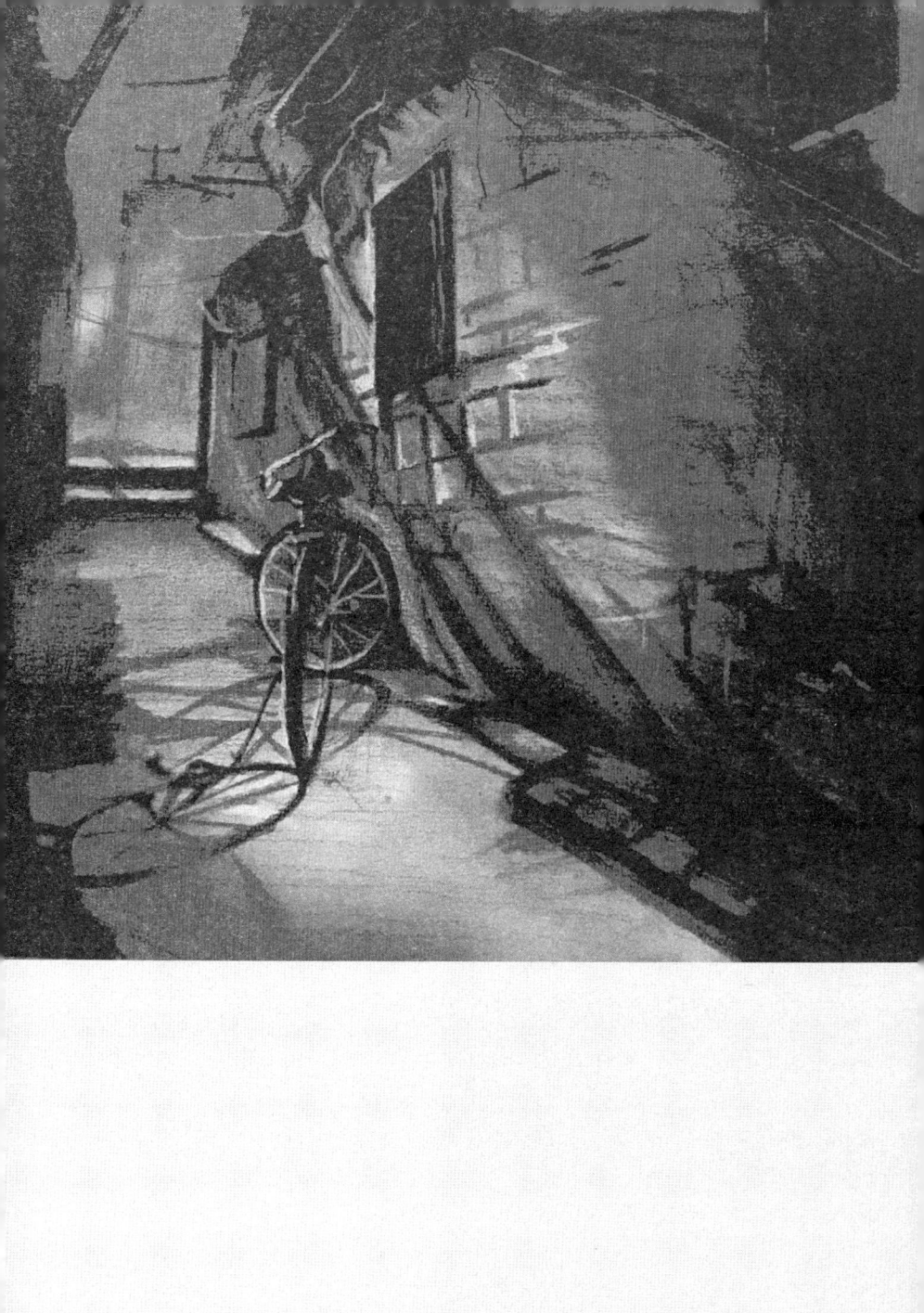

第三章 说鬼的集市

旅店的女主人让我叫她周二嫂,因为她男人叫周二。我们研究所的萧一姝,是个女权主义者。她在一篇文章中说,中国妇女地位的低下,从称呼中就可以看出端倪。女人结婚生子后,虽然还有着自己的老名字,但是那名字逐渐被世俗的泥沙和强大的男权力量给淘洗干净了。她们虽然最终没有随丈夫姓,但称谓已发生了变化,体现出依附和屈服于男权的意味,她认为这是一种愚昧,是女性的一种耻辱。萧一姝原来叫萧玉姝,只因她丈夫的名字中也有一个"玉"字,便更名为"萧一姝"，她说女人接受由自己丈夫的姓氏得来的名字，就是一种奴性的体现。可我愿意做相爱人的奴隶。可惜没谁把我的名字依附在魔术师的名字上。

周二原先是矿工，一次瓦斯爆炸，他成了七人中唯一的幸存者，面部被严重烧伤，落了一脸的疤瘌。死里逃生的周二再也不肯下井，用工伤赔偿金和老婆开了豆腐店和旅店。周二做豆腐，挑到集市去卖，周二嫂则开旅店。周二每天凌晨三四点钟就要起来赶着驴拉磨，做上几板豆腐。周二卖豆腐，一卖就是一天。即使中午前他的豆腐担子空了，他也不回家，仍混在集市中。跟掌鞋的聊家常啦，和修自行车的忙里偷闲地下盘象棋啦，等等。周二嫂听说我要搜集鬼故事，就对我说，你不用挨门挨户地寻，你跟着我家周二去集市，一天可以听上好几个鬼故事，那些出摊的小贩子最喜欢讲鬼故事了。

周二眨巴着眼对周二嫂说,邢老婆子要在就好了,她说鬼说得好,可惜她也成了鬼了!史三婆也爱说鬼,不过比起邢老婆子那可差远了,不过是《聊斋》中狐仙鬼怪的翻版!

我跟着周二去集市了。

周二个子不高,虽然他有力气,但挑着一担豆腐还是晃晃悠悠的。我跟在他身后,不断地听见别人跟他打招呼,周二,卖豆腐去啊?周二总是回一句,卖豆腐去!也有人跟他开玩笑,说,周二你行啊,白天吃自己的豆腐,晚上吃老婆的豆腐,有福气啊!周二就啐一口痰,理直气壮地说,我白天黑天吃的都是自家的豆腐,又不犯法,你说三道四个啥?!

太阳已经出来了,但它看上去面目混沌,裹在乌突突的云彩中,好像一只刚剥好的金黄的橙子落入了灰堆中。空气中悬浮着煤尘，呛得人直咳嗽。周二对我说，乌塘一年之中极少有几天能看见蓝天白云，天空就像一件永远洗不干净的衣裳晾晒在那里。乌塘人没人敢穿白衬衫，而且，很多人的气管和肺子都不好。我问这附近有几座煤矿。周二龇着牙说，大大小小总有二十几个吧。我说政府不是加大力度清理小煤窑吗？周二一撇嘴说，电视和报纸上是那么说的，实际上呢，只要不出事，小煤窑是消灭不了的！开小煤窑的哪个不是头头脑脑的亲朋好友？那等于给自己家设着个小金库！矿工的命太贱了，前些年出事故死在井下的，矿长给个万把的就把事儿给平了；现在呢，赔得多了些，也不过两万三万的，比起命来，那算什么！人死了，只要给了钱，没人追究责任，照样还有人下井，他们也照样赚钱！

　　听说周二在井下挖了六年煤，我便问他下井是什么感觉。

周二说，啥感觉？每天早晨离开家，都要多看老婆孩子几眼，下了井就等于踏进了鬼门关，谁能料到自己是不是有去无回？阎王爷想勾你的名字，大笔一挥，你就得留在地下了！妈的！

周二边骂边撂下担子，一家小饭店的女主人吆喝住了他，要五块豆腐。女主人显然没有睡足，头发没梳理，趿拉着拖鞋，穿一件宽大的黄地蓝花的棉布睡袍，呵欠连天的。周二麻利地将豆腐撮进女人递过来的白铝盆中。豆腐肌肤润泽，它们"噗噗"地投入盆中，使盆底漫出一圈乳黄的水。女人忽然哈哈笑了起来，她对周二说，周二哥，你说蒋百嫂像不像这个盆子？它能装土豆又能盛豆腐，能泡海带也能搁萝卜丝，真是软的硬的、黑的白的全不吝！我听说她昨晚又闹了酒馆，把王葫芦叫到家里睡去了！你说王葫芦都满六十的人了，脸比驴还黑，天天捡破烂，一年到头洗不上一回澡，跟他睡，不是睡在厕所里又是什么！

周二听女人这样议论蒋百嫂，有些恼了，他说，你也不要把自己说得那么干净，你家刘争一跑长途，朱铁子不就老来你店里吃酒么，一吃就是一夜，谁不知道？！你们这些女人啊，就跟蚯蚓一样，不能让你们见天光，埋在土里你们安分守己；一挖出来，就学会勾引人了！

蚯蚓勾引的是鱼！那女人大声地辩驳。她受了奚落倒也不恼，只是不再呵欠连天了。她对周二说，我知道你对蒋百嫂好，都说你是蒋三生的干爹，一家人哪有不向着一家人的？！

周二挑起担子，冲女人撇撇嘴，走了。跟着他走的，有被汽车挟起的尘土、陈旧的阳光和我。也许还有匍匐的蚂蚁也跟着,只不过没有被我们注意到罢了。

乌塘有三个集市,周二说我来的集市规模居中,另两个集市,一个比它大,一个比它小。比它大的集市有服装和日用小百货卖,比它小的只卖些肉蛋禽类、蔬菜瓜果。

周二进了集市,就像一只鸟进了森林,自由而快活。他和老熟人一一打招呼,将担子卸在他的摊位上。已经有很多小商贩出现在集市上了,卖糖酥饼和绿豆稀饭以及油条和豆浆的摊位前人头攒动,生意红火。怪不得我要在旅店吃早饭时,周二对周二嫂说,她不是要跟着我去集市听鬼故事么,还不如在那儿吃呢!想吃枣泥饼有枣泥饼,想喝豆腐脑有豆腐脑,想吃水煎包有水煎包!当时周二嫂白了周二一眼,说,你吃惯了集市的早饭,嫌弃我的手艺了!周二连忙赔着笑脸说,哪能呢,你做的饭我这辈子吃不够，下辈子还想吃呢！周二嫂笑了，她拧了一把周二的脸，说，就你这一脸的疤瘌，也只能可着我的饭来吃了，别人谁得意你？他们满怀爱意的斗嘴使我想起魔术师，以往我们也常这样甜蜜地斗嘴，可那样的话语如今就像镌刻在碑上的墓志铭一样，成为了永恒。

我到小食摊前吃了碗黑米粥和一个馅饼。有一个食客对着免费的咸菜大嚼大咽着，瘦削的摊主用眼睛白着他，说，不怕齁着啊？食客说，齁着就喝水！摊主说，水也得花钱啊。食客说，喝水便宜。摊主又说，喝多了水找公厕撒尿也得花钱啊。食客被激怒了，他把咸菜罐摔在地上，骂，免费的咸菜你不叫吃，干脆收费得了，别死要面子硬撑着，还叫男人吗?！摊主看着碎了的咸菜罐，居然委屈得落泪了。他穿件蓝背心，戴一条油渍斑斑的绿围裙，黑红的脸庞，看上去像是一只被做成了酱菜的细长的青萝卜，颜色暗淡，散发着一股陈腐的气息。他这一哭，食客倒了胃口，他放下筷子，将一张十元钱拍在桌子上，说，不用找了，就头也不回地走了。与他相邻的卖豆腐脑的说那摊主，你合适啊，这一顿早饭也就三块两块的，你一家伙得了十块，顶三个人吃的了，昨晚一定梦见金鲤鱼了吧？摊主抽搐着脸说，除了金秀，我还能梦见谁？卖豆腐脑的说，金秀又跑你的梦里去了？我看你赶快再找一个算了，她没了三年了，你天天睡凉炕，她当然记挂着你了！要是你娶了新的，她也就过她的阴日子去了，人家在那里也可以再找一个，你不找，也耽误人家啊！

听他们这一番话，我知道这个面容凄苦的男人死了老婆，而且他与老婆感情深笃。我便胆怯地问他，死了的人进了活人的梦中,会是什么样子?魔术师在时,我倒时常梦见他;可他永别我后,我的脑子一片混沌,没有什么具体的影像,他把我的梦想也带走了。

摊主泪眼蒙眬地望了我一眼,嘴唇哆嗦了几下,说,死了的人回到活人的梦中,当然是活着时的样子了!她会嘱咐你风大时别忘了关窗,下雪了别忘了给孩子戴上棉帽子。唉,她也真是命苦,死了还得跟我操心!

来了两个身上挂满了石灰点的民工,摊主擦干眼泪,招呼他的生意去了。我回到周二那里,他正在吸烟。我问那个摊主的老婆是怎么死的。周二喷出一口青烟说,他老婆得了痢疾,就到家跟前的个体诊所打点滴。你说青霉素这东西也真是邪性,点了不出两小时,人就没气了!人家说,诊所的老周没有给她做过敏试验，人才死了。我看这女人也是命薄，拉肚子本不是大毛病，拉不死人，非要去诊所，这下好，因小失大，把命都搭上了！

诊所的那个姓周的呢？我问。

他呀，原先是个兽医，这些年得病的人比得病的牲畜要多，他就换下蓝袍子，穿上白大褂，挂上听诊器，开起了诊所！他也有点能耐，治好过一个偏头疼的女人，还治好过几个人的胃病，所以他没出事时，生意还挺红火的！

他一个当兽医的，怎么会拿到为人看病的行医执照呢？我问。

嗨，这世道的黑白你还看不清哇，有钱能使鬼推磨呗！周二吐了口唾沫，说，老周的连襟在卫生局当局长，拿个行医执照，就跟从自家的树上摘个果子一样轻而易举，有什么难的？出了事后，人家花了两万块，就把事平了！就说人不是点滴死的，是心脏病发作死的！

这男人也就同意了？我瞟了那摊主一眼。

不认又怎么着？打官司他打得起吗？反正他老婆已进了鬼门关，还不如弄俩钱，将来留着给孩子用！周二叹了口气，指着那摊主说，他原来是个挺乐和的人，老婆没了，就变得跟女人一样爱计较了，动不动还哭，哪还有点男人的样子！

老周呢？我心灰意冷地问。

他呀，在这儿混不下去了，早就走了。听说去了芜湖的亲戚家，不干这行了，养虾去了，谁知道呢？周二又叹了一口气，说，在这个集市上，辛酸的人海着去了，你要听鬼故事，随便逛逛就能听到。

我与周二闲谈的时候，已经有两个人买了豆腐走了。但凡做小本生意的，都是些眼疾手快的人，他们能心、手、口并用，嘴上抽着香烟并且与你讲着故事，手上麻利地打理着生意，什么也不耽误。

集市越来越热闹了。推着架子车、挑着货担的生意人越聚越多，先前还空着的摊床也就没有闲着的了。由于这集市有个长条形的顶棚，集市边缘的摊床点染着阳光，而中心地带则相对暗淡些，阳光未爬到那里就断了气。周二把我引向集市中央阴凉处的一个摊床，对一位坐着的袖着手的穿黑衣的老女人说，史三婆，这是我家客人，想搜集鬼故事，你给她讲几个吧！你知道那么多的鬼故事，不讲不就全烂肚子里了么？史三婆呸了周二一口，说，我的故事值钱，讲一个得给我十元！周二说，明天我给你炸包豆腐泡吃，顶了讲故事的钱了！史三婆上上下下地打量了我一番，说，你给哪里搜集鬼故事？我说为自己。史三婆就打了一个嗝对我说，你又不是从阴间来的，搜集那故事做啥？我想与她有个轻松的谈话氛围，就开玩笑说，谁说我不是从阴间来的？我这话没吓着史三婆，倒把与她相邻的卖笤帚的女孩给吓着了，她惊叫着说，史三婆，我一看她的样子就像个鬼，一身的黑衣服，瘦得全是骨头，脸上没血色，你可别让她靠近咱们呀！史三婆笑了，她从容不迫地说，鬼就是鬼，哪能让你看得着呢！你不用怕。史三婆让我到摊床里面去坐，不然我像根柱子似的戳在她面前，影响她的生意。我笑了笑，从通道旁的小便道走到摊床里面。也许是久已不笑了，我的笑不但使自己起了寒意，也让那个女孩打了个哆嗦。史三婆的摊床上，摆着形形色色的灭害剂，有毒鼠强、灭蝇水、驱蚊油、除蟑灵、敌杀死等等。史三婆的鬼故事，就以毒鼠强为背景而开始了。

有个年轻的寡妇，她男人死于矿难的"冒顶"事件。她摊上个好吃懒做又心狠手毒的婆婆，一日伺候不周，婆婆就趁她熟睡时用针扎她的额头。寡妇受够了婆婆的气，就买了两包毒鼠强，炖了一锅肉，打算与婆婆同归于尽。那天下着大雨，电闪雷鸣的，寡妇早把孩子打发到姐姐家去了。她盛了肉，放在桌子上，又取了两个酒杯和两双筷子，唤婆婆喝酒吃肉。婆婆那时正站在窗前把一杯陈茶往窗外泼，听见儿媳唤她，她回身便骂，我知道你有贰心了，想今晚把我灌醉，好在我儿子睡过的炕上养汉！寡妇忍着，没有和婆婆顶嘴，想引诱她把肉吃了。这时外面的雷声越来越响，窗棂被震得跟敲锣似的，咣咣响，寡妇突然看见她丈夫从窗口飘了进来，就像一朵乌云。她刚叫了一声丈夫的名字，那朵云就化做一道金色的闪电，像一条绳子一样，勒住了她婆婆的脖子。婆婆倒地身亡，被雷电取走了性命。寡妇明白这是丈夫在帮助她，如果她也死了，孩子谁来管呢？从那以后，这寡妇就守着孩子过日子，没有再嫁。而她的孩子也争气，几年后考上了一所名牌大学。

史三婆的话使我联想到魔术师，他也会化做一道闪电吗？看来以后的雷雨天气我得敞开窗口了，也许我的魔术师会挟着一束光焰来照亮我晦暗的眼睛。

卖笤帚的女孩发现我对鬼故事确实有着与人一样的着迷，她不再怀疑我是鬼了，她接着史三婆，讲了另一个鬼故事。

我表哥在乌塘自来水公司当司机，他有一个朋友叫贾固，在法院工作，是法警。有一年冬天，贾固的车掉进雪窝里，唤我表哥帮他拖出来。我表哥和贾固怕耽误上班，凌晨三点就上路了。那辆车陷在一片坟地里，天落着雪,四周白茫茫的。表哥拖着拖着车,忽然见雪野中闪出一个人影,是个女人,她戴着白围巾、白帽子,脸盘素净,面容秀丽,说要搭我表哥的车进城。在那样一个荒僻的地方,突然出现这么一个女人,我表哥觉得蹊跷,就问她怎么这么早就来到野外。那女人只是笑,并不出声。再问她是人是鬼时,她摆摆手就消失了。表哥吓得腿直哆嗦,他们把车拖出来,再也不敢回头看一眼坟场。表哥跟贾固说,他当法警,一定是枪毙错了人,冤魂才会从坟地飘出来。贾固便把由他亲手毙掉的死刑犯一一过筛子,最后真的找到了那个面容如坟地上出现的女人的照片,她在七年前就被处决了。存档的卷宗说她红杏出墙,杀害了丈夫。贾固认为这案子判得肯定有不公之处,就暗中复查旧案。从此他寝食不安,衣冠不整,渐渐地精神不太正常了,常指着妻子叫老娘,指着馒头叫灵芝。前年冬天，他被一辆运煤的卡车撞死了。表哥说在贾固的葬礼上，他又看见了那个在坟地遇见的女人，她还是那么年轻，戴着白帽子、白围巾，一言不发。表哥想跟她说几句话，可她一转眼就在贾固的灵前消失了。直到今年春天，派出所抓到了一个盗窃犯，他交代出自己几年前因抢劫未果，杀了一个人，而那个人就是那个女人的丈夫。看来她确实是被屈打成招，含冤而死的。贾固杀了本不该被杀的人，她也就取走了他的性命。你说以后谁还敢当法警啊？

女孩讲故事的能力十分了得，而这个鬼故事则让我起了寒意。我夸赞她口才好，史三婆咳嗽了一声，说，她考上了大学，口才自然差不了！我便问她，既然考上了大学，为什么不去上？女孩别过脸去，脸上现出凄凉的神色。史三婆说，还不是因为穷？她妈是个药篓子，他爸呢，常年下矿井，落了一身的病，如今风湿病重得连路都走不了，只能躺在炕上。一家两个病号，哪有钱供她上学呢？

那为什么不向社会寻求救助呢？我问。

像她这样上不起大学的孩子又不是一个，救助得过来么？史三婆说，这丫头出来做小买卖，说挣了钱供自己上大学。我看靠她卖笤帚，卖到人老珠黄了也上不起！还不如学那些来乌塘"嫁死"的女人，熬它个三年五载的，"嘭——"的一声，矿井一爆炸，男人一死，钱也就像流水一样哗哗来了！要说什么是鬼，这才是鬼呢！史三婆气咻咻地拈起一瓶灭蚊剂，漫无目的地喷了一下，好像我是只吸人血的毒蚊似的。

女孩泪眼蒙眬地对史三婆说，我才不"嫁死"呢！我问，什么叫"嫁死"？

史三婆擤了把鼻涕，突然指着从不远处走来的一个染着棕红头发的穿花衣的女人说，这媳妇就是来乌塘"嫁死"的。可她嫁来三年了，她男人还活灵活现着！听人说她一个白天都在外面打麻将，晚上回家一看到她男人从井下平安回来了，她就叹气，连饭也不做给他吃。

我大惑不解，问，这是为什么？

史三婆鄙夷地看着那个走得愈来愈近的女人，说，你是外地人，当然就不知道"嫁死"是怎么回事了。乌塘不是矿井多、事故多么，这些年下井死了的矿工，家属得到的赔偿金多，一些穷地方的女人觉得这是发财的好门路，就跑到乌塘来，嫁给那些矿工。他们给自家男人买上好几份保险，不为他们生养孩子，单等着他们死。我们私下里就管这样的女人叫"嫁死的"。前年井下出事故时，你看吧，那些与丈夫真心实意过日子的女人哭得死去活来的，而外乡来的那些"嫁死的"呢，她们也哭几嗓子，可那是干嚎，眼里没有泪，这样的女人真是鬼呀！

那个遭史三婆贬损的女人走到摊床前了，她拿起一瓶敌杀死，问，多少钱？史三婆说九块。那女人嘟囔道，不是六块么？史三婆抿了一下额前的头发，说，卖给你就是九块，爱买不买！女人撇下瓶子，说，又不是你一家卖敌杀死！她瞪了史三婆一眼，离开了摊床。我望着她的背影，看着她袅娜的腰肢和裸露着的性感的胳膊，有一种分外寒冷的感觉。

史三婆的生意在九点以后开始兴旺了。看来乌塘夏季的蚊蝇很多。买灭害药的百分之九十都是女人。史三婆没忘了见缝插针地给我讲故事，什么女人死后变成了狐狸，迷死了猎人；什么大姑娘睡在花树下，无缘无故地怀上了鬼胎，这孩子出生后是个混世魔王，无恶不作。可我对这些传说的鬼故事已经不感兴趣了。集市上人影幢幢，谁能想到有一些却是鬼影呢？！炸油糕与麻花的甜香气，与炸臭豆腐干的气息混合在一起；卖瓜果蔬菜的与卖粮油副食的争先恐后地吆喝着，地面渐渐地积了瓜子皮、纸屑、烟蒂、菜叶等遗弃物，当然还有人们随口吐出的痰。

蒋百嫂也出现在集市上了。史三婆告诉我，她男人蒋百失踪后，她就来集市卖油茶面儿了。她是集市中来得最晚的生意人，因为她夜晚老是喝酒后带男人回家鬼混，所以起得迟。她说蒋百嫂的油茶面生意还不错，男人们很喜欢猴在她的摊床前。蒋百嫂仍是一袭黑衣，绾着发髻，嘴里嚼着什么，胳膊上挎着一个木桶，木桶里

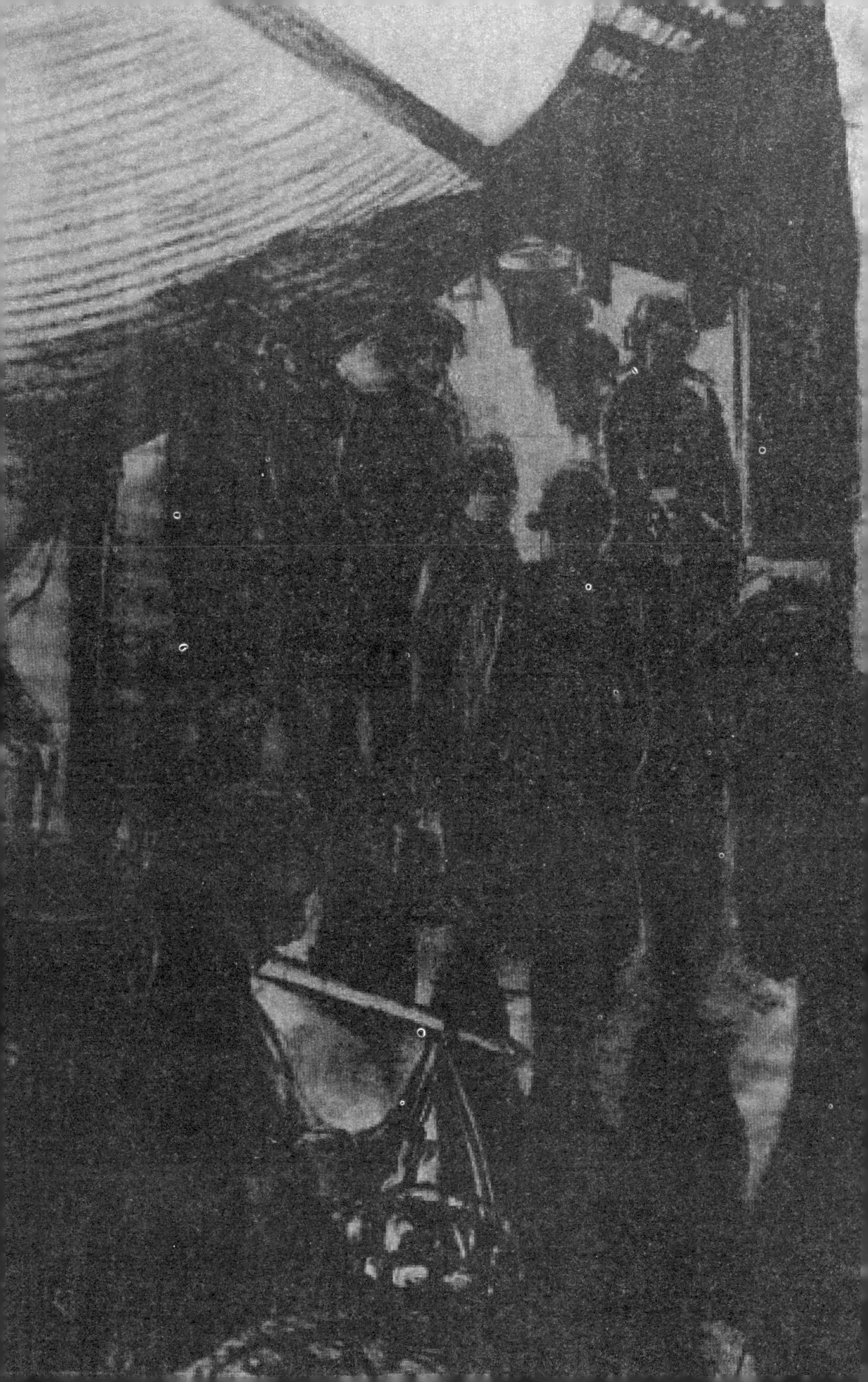

装着油茶面。她看人时的目光是迷茫的、懒散的,步态微微踉跄,似乎还没醒酒的样子。她穿行在集市中,就像一股凛冽的风掠过湖面,泛起寒波点点,很多人都抬着眼望她,就像看戏中人似的。

第四章　失传的民歌

乌塘的雨是我见过的世界上最肮脏的雨了，可称为"黑雨"。雨由天庭洒向大地的时候，裹挟了悬浮于半空的煤尘，雨便改变了清纯的本色。乌塘人因而喜欢打黑伞。众多的打黑伞的人行走在纵横交错的街巷中，让人以为乌塘落了一群庞大的乌鸦。即便如此，雨过天晴，乌塘还是显得清亮了许多。

周二听说我想搜集民歌，就让我到回阳巷的深井画店去。他说画店的主人陈绍纯，最喜欢唱民歌了。不过他唱的歌有点悲，人们都说那是"丧曲"。他老婆不允许他在家唱，他就在画店唱。回阳巷的商贩，最不喜欢与他为邻了。你这边生意刚开张，那边就传来了他唱丧曲的声音，谁不忌讳呢。所以毗邻画店的商铺，从烧饼铺到狗肉店再到理发店，已经几易其主。如今与它相挨的，是家寿衣店。

周二嫂套上驴车，和蒋三生到火车站招揽生意去了。三生骑在家里的屋顶上，周二嫂喊他的时候，他激灵了一下，差点一个跟头从屋顶跌下来。周二嫂对我说，自从蒋百失踪后，这孩子就不爱待在屋里，他除了喜欢到旅店玩，还爱坐在自家的屋顶望天。有的时候他在屋顶一坐就是一下午，似乎在张望他父亲归来。

蒋百是如何失踪的呢？听周二说，蒋百在小鹰岭矿采煤，是个性情温顺的人。下矿归来，他爱喝上几盅酒，蒋百嫂因而练就了一手做下酒菜的好手艺。小鹰岭是个大矿，一共有六个作业点，每个作业点都要有一到两个班次在作业，而每班次是十人。矿井出事那天，蒋百早晨时离开家去矿上了，可他傍晚没再回来。从蒋百所在的班次的事故工作面上找到了九具尸体，唯独没有蒋百的。矿长说，蒋百那天根本没有到小鹰岭，下井的是九个人。这么说，蒋百那天是去别的地方了。他虽然幸免于难，但是形迹杳然，没人知道他去哪儿了。大家对蒋百的失踪有多种猜测，有人说他抛弃了蒋百嫂，寻他中学时的相好去了；有人说蒋百被人害了，行凶者早已将他焚尸灭迹。还有更荒唐的说法，说蒋百厌倦了井下生活，到深山古刹做和尚去了。蒋百嫂原先是个羞涩的人，蒋百失踪后，她变了一个人似的，三天两头就去酒馆买醉，花钱大手大脚的，人也变得浪荡了，隔三差五就领男人回家去住。乌塘的许多女人因而敌视蒋百嫂，怕自家男人被她勾引了去。蒋百嫂原来受雇于一家托儿所，给人看小孩子，蒋百失踪后，她就到集市卖油茶面去了。

周二告诉我，派出所曾对蒋百失踪的事，调查过一些人，问他们在矿难的那天是否见过蒋百。结果有两个人见过他，一个是粮库的退休工人老周头，一个是邮局的顾小栓，他们都说蒋百那天早晨穿着蓝色的工作服，戴着矿帽，去汽矿站搭乘矿车。蒋百身后，还跟着他家的狗。它每天早晨忠心耿耿地把蒋百送上矿车，黄昏时再跑到矿车停靠地，欢天喜地地把主人迎回来。所以蒋百失踪后，这狗就不入家门，依然在傍晚时去接主人。矿车一停下，它就凑上前，但下车的人总是让它失望。它以前威风凛凛的，如今却憔悴不堪，乌塘人因而喜爱这条忠实于主人的狗，一些饭馆的老板见它从街巷中走来，常撇一些香肠和牛肉给它。

回阳巷是一条幽长的巷子，深井画店就在这巷子的尽头，果然与一家寿衣店相邻着。画店很小，有一扇西窗，西北角的棚顶打着一个菱形木方，木方下垂下来几条铁链，钩着几幅画。我见过的画店，画都是悬挂在墙壁或者是倚在墙角的，没有像深井画店这样把画吊在棚顶下的，这做派倒有些像肉铺和洗染店了。画店的东北角，是个一丈见方的柜台，一个面容清癯的老人正俯在那儿画着什么。听见门响，他皱了一下眉，但并未抬头。我问他，您就是陈绍纯先生吗？他仍未抬头，而是抽了一下嘴角，微微点了点头。我凑到柜台前，见他正在画荷。那荷花没有一枝是盛开着的，它们都是半开不开的模样，娇弱而清瘦。我只能讪讪地自我介绍，说我想做点民俗学的调查，搜集民歌，听周二介绍他民歌唱得好，特来拜访。我说话的时候，他始终没有望我一眼，所以我觉得是隔着竹帘与他讲话。见他态度如此傲慢，我正想走掉，他突然放下画笔，没容我有任何心理准备，他一歪脖子，歌声就如倏忽而至的漫天大雪一样飘扬而起。我头一回听人唱没有歌词的歌，它有的只是旋律。那歌声听起来是那么的悲，那么的寒冷，又那么的纯净，太不像从大地升起的歌声了。

他的歌声起来得突然，走得也突然，当我还为着歌声的那种无法言说的美而陶醉时，它却戛然而止了。他低声问了句，这样的悲调你也想收集么？如今悲曲上不了台面，你没见电视中唱民歌的个个都是欢天喜地的？

我说，我喜欢这悲调。我的话音刚落，一个穿着肥大裤衩、着一件油渍渍蓝背心的壮汉满面流汗地推门而入。他胖得两腮的肉直往下坠。他的腋下夹着一幅玻璃框风景山水画。他一进来就嚷嚷,陈老爷,我娘嫌这牡丹不鲜艳,你再给上上色,多涂点红啊粉啊的!

陈绍纯抬起头,对来人说,牛枕,你回去告诉你娘,牡丹涂红涂得重了,那不成了猴子的屁股了吗?我深井画店就是这么个画法,她又不是不知道!她要是不稀罕,我将画收回,钱一分不少还给她,你看行不行?

牛枕将画摆在柜台上,撩起背心一角,揩脸上的汗。他粗声大气地说,哎哟,陈老爷,我娘就认你的画,别人画的她还不得意呢!她瘫了三年了,整天看的是墙,我早就说要给墙挂上几张画让她看,可她嫌碍眼、累赘,今年她是头一回提出要看画,点着名要看你画的牡丹,她年岁大了,眼神哪比年轻人,常把猫看成老鼠,把人看成鸡毛掸子。你画的红牡丹,她看成了粉的;粉的呢,又看成白的了!我又没那两把刷子,不然我就给牡丹上色了。陈老爷，求您了，改天我割一块好肉来孝敬您！

陈绍纯叹了口气，说，再上色，可不就是糟践了那些牡丹么！你留下画吧，明天上午来取。

牛枕像小孩子一样兴高采烈地拍着手，说，谢谢陈老爷！我娘看的牡丹，就得是歌厅中那些坐台的小姐，脸上得擦上二两粉，头发抹上二两油，嘴唇涂上二两口红，浓浓的，艳艳的，不然她是不看的！

陈绍纯说，我看你在集市卖了两年肉，嘴皮子也练出来了。

牛枕说，我不学会吆喝，卖的就是天鹅肉，也得烂在摊床上，如今这世道，叫唤的鸟儿才有食儿吃呢。

陈绍纯对牛枕说，明天来取画，顺便为他在集市买两斤蒋百嫂卖的油茶面。

一提蒋百嫂，牛枕就眉飞色舞地诉说刚刚发生在集市的一件事，蒋百嫂把一个小媳妇的门牙打掉了，这是个来乌塘"嫁死的"外乡女人。那女人买油茶面，蒋百嫂不卖给她，说她的油茶面不能给黑心烂肺的人吃。小媳妇很厉害，她朝蒋百嫂身上吐了口唾沫，说乌塘有一个烂货，她男人失踪后，她熬不住了，连捡破烂的老头都能和她睡上一觉，这个烂货怎配指责别人？蒋百嫂便大打出手，咣咣几拳，将"嫁死的"打得鼻青脸肿，口吐鲜血，掉了颗门牙。小媳妇哭嚎着，打电话报了警。派出所的民警赶到集市后，见是蒋百嫂在惹是生非，就说她，你看乌塘哪个女人像你？闹了酒馆又闹集市，还有一点做女人的样子么？！蒋百嫂一生气，就把一碗刚冲好的油茶面泼到民警脸上，烫得民警跟挨宰的猪一样嗷嗷叫。牛枕说完，哈哈笑了起来。

陈绍纯说，蒋百嫂这回可闯了大祸了，那"嫁死的"小媳妇丢了颗门牙，还不得讹她个千儿八百的？

牛枕说，蒋百嫂有那么多男人供着，赔她个万把的也不在话下！再说了，派出所这帮吃闲饭的找不到蒋百，愧对蒋百嫂，也不敢把她怎么着！

看来在乌塘，蒋百嫂因为蒋百的失踪而成了新闻人物，你走到任何角落，都能听到她的消息。

牛枕走了，陈绍纯依然画他的荷花。他垂着头，凝神贯注。也许在他眼中，我就是这画店的静物。我想也许他画完荷花，就有与我谈天的兴致了。

我走出深井画店时，觉得带着一身的雪花，是陈绍纯歌声中的音符附着在我身上了。太阳在厚薄不一的云中徘徊，遇到云薄的地方，它就浅浅微笑着，而到了云厚之处，它就像一个蒙面的修女，一脸的肃穆。大地也因此忽明忽暗着。我不知道我的魔术师是否在云层的后面，他仍如过去一样在温柔地注视着我么？太阳与月亮之所以永远光华满面，是不是容纳了太多太多往生者的目光？有一缕云，轻飘疏朗得特别像一片鹅毛，它令我想起婚姻生活中那些美好的日子。每当假日时我垂着窗帘放纵地睡懒觉时，已经把早饭热了不知几遍的魔术师就会捏着一片雪白的鹅毛，轻轻地撩拨我的脸，把我叫醒。那片鹅毛是他变魔术的道具，他在舞台上，能用它变出手帕和棒棒糖。我被扰醒后，总是捏着他的鼻子不许他喘气，嗔怪他断送了我的美梦。魔术师就会旋转着鹅毛，大张着嘴吃力地对我说，你睡了一夜，睫毛都是眵目糊，我为你扫一扫还不应该啊？他是把鹅毛当成了笤帚，而把我的睫毛当成了庭院前的栅栏了。他去世后，那片鹅毛被我插在他的指缝间，随他一起火化了，

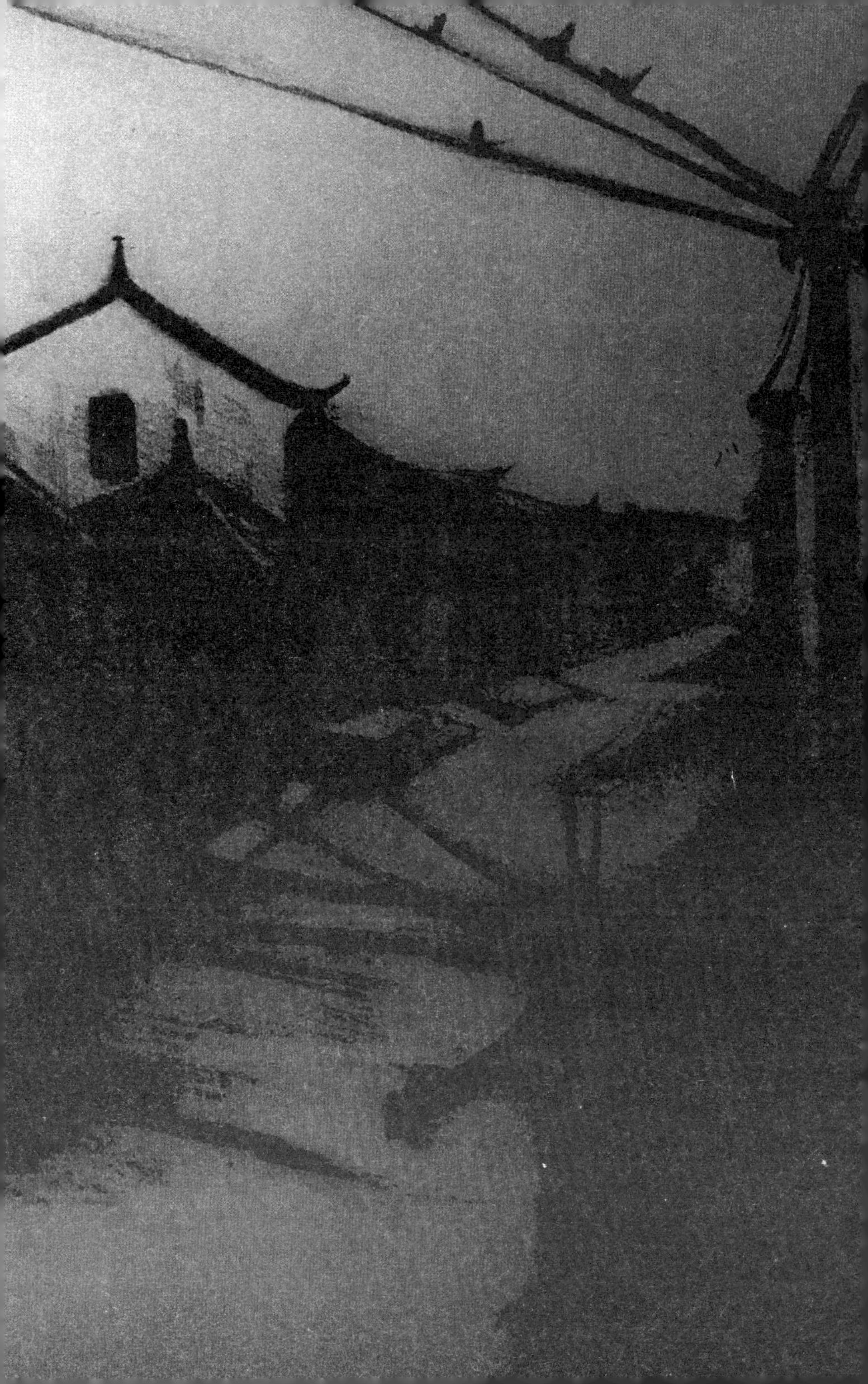

因为再也不会有其他男人用这片鹅毛叫我苏醒了。

我在异乡的街头流泪了。只要想起魔术师，心就开始作痛了。一个伤痛着的人置身一个陌生的环境是幸福的，因为你不必在熟悉的人和风景面前故做坚强，你完全可以放纵地流泪。

我哭泣着，漫无目的地走着。一些行人发现我满面泪痕的样子，现出怪异的神色。有两个人还关切地询问我，一个问我是不是丢了东西。一个问我是不是得了绝症。我回答他们的不是话语，而是绵绵不绝的泪水。我边走边看天，直到那片鹅毛般的云荡然无存了，才注意看脚下的路。过了回阳巷，是紫云街。我很喜欢乌塘街巷的名字，它没有那么大众的名字，比如很多城市都有的"前进路、中山路、胜利街、光芒巷、卫东巷"等等，乌塘街巷的名字，很像一个坐在夕阳底下饱经风霜又不乏浪漫之气的老学究给起的，如青泥街、落霞巷、月树街等。除了紫云街外，我还喜欢月树街的名字。月树街上有几家歌厅，我踅进两间，问这里可有唱民歌的。经营者便问我，你想点民歌？他们盛情地从KTV包房中取出点歌本，向我推荐《山丹丹花开红艳艳》《走西口》《小放牛》《十送红军》《兰花花》《赶牲灵》等歌，我说我想听那种没有被流传下来的民歌，他们就像打量怪物一样对我说，那你走错地方了。

我确实走错地方了。虽然歌厅的营业高潮还未到来，但偶尔飘来的丝丝缕缕歌声，都是那些滥俗怪诞的流行歌曲。流行歌曲有两类最走红，一种是声嘶力竭地如排泄不畅地沙哑着嗓子吼，一种是嗲声嗲气地软着舌头跟蚊子一样地哼哼。这样的歌声在我听来就是人间的噪音。最后在一家名为"星星"的歌厅，总算听到一首三十年代的老歌《陋巷之春》,才让我获得了某种慰藉。唱它的是一个二十上下的女孩,虽然她模仿周璇的那种清纯甜美有些夸张,但那旋律本身的美好却像一条奔涌而来的清流一般,难以抵挡。我很喜欢它的歌词:

人间有天堂,天堂在陋巷。春光无偏私,布满了温暖网。树上有小鸟,小鸟在歌唱。唱出赞美诗,赞美青春浩荡。

邻家有少女,当窗晒衣裳,喜气上眉梢,不久要做新娘。春色在陋巷,春天的花朵处处香。我们要鼓掌,欢迎这好春光。

我坐下来,在光怪陆离的灯影下要了一杯奶茶,听完了这首歌。之后,又回到月树街。

月树街上的行人多了，黄昏已近，人们都在归家，街市比先前嘈杂了。我到一家面馆要了碗炸酱面，吃过后又进了一家茶馆，喝了杯绿茶。茶杯油渍渍的，让人觉得店主是开肉食店的而不是开茶馆的。等我再回到月树街时，天色已昏，歌厅的霓虹灯开始闪烁了，流动的商贩也出现了，他们卖的货色品种繁杂，有卖烧饼和牛肉的，也有卖棉花糖、头饰、背心短裤、果品以及二手手机和盗版书籍的。我买了一摞烧饼，一块酱牛肉，又到一家超市买了一瓶二锅头，朝回阳巷走去。我还想在这样的日落时分聆听几首民歌，再沾染一身雪花的清芬之气。

快到画店的时候，我见与它相邻的寿衣店走出来两个臂戴黑纱的人，他们抬出一只大花圈。那些紫白红黄的花朵被晚风吹得响，使我想起魔术师的葬礼。也有很多人送了花圈给他，可我知道他最不喜欢纸花了，我差人将他灵堂所有的花圈都清理出去。我知道有我为他守灵就足够了，我是他唯一的花朵，而他是这花朵唯一的观赏者。

我推开画店的门，见陈绍纯正坐在西窗下打盹，柜台上空空荡荡的，看来他已画完了荷花。店里光线虚弱，可他没有开灯。从他蹙眉的举止中，可看出他知道有人进来了，可他并未抬头，仍旧眯着眼。我轻轻走过去，将酒菜摆在他脚畔，说，该吃晚饭了。

他睁开眼，微微抬了抬头，看了看我，又看了看酒菜，叹了一口气，说，你就真想听我唱的那些悲曲？我点了点头。他再次沉重地叹了口气，说，你搜集这样的民歌，是没有出头之日的，谁听这样的民歌啊。

陈绍纯启开酒，唤我坐在他对面的小方凳上，直接对着瓶嘴饮起酒来。他对我说，他年轻的时候曾经历过一次死亡，有一天他被一挂受惊的马车掠倒，送到医院后，昏迷了二十多天。他说自己苏醒后，耳畔萦绕的就是凄婉的歌声，那种歌声特别容易催发人的泪水，从此之后，他就痴迷于这种旋律。那时他是一名中学语文老师，寒暑假一到，他就去乡村搜集民歌，整理了很多，还投过稿，但是没有一首能够发表。因为那词和曲洋溢的气息都太悲凉了。陈绍纯有一个朋友在文化馆工作，他曾把民歌拿给他看，他大加赞赏。两个人聚会时，常常悄悄吟唱那些民歌。"文革"中，这位朋友揭发了他，说陈绍纯专唱资产阶级的伤感小调，对社会主义充满了悲观情绪，陈绍纯开始了挨批生涯。他被打折过腿和肋骨，他们还把他整理的民歌撕成碎屑，勒令他吃下去，让这颓废的资产阶级的东西变成屎。他就得像一头忍辱负重的牛一样,把那些纸屑当草料一样嚼掉。陈绍纯说很奇怪,以前他并不能记住所有的旋律,可它们消亡在他体内后,他却奇迹般地恢复了对民歌的记忆,那些歌在他心底生根发芽、郁郁葱葱,他的内心有如埋藏着一片芳草地,他常在心底歌唱着。只是那些歌词就像蝴蝶蜕下的羽翼一样,再也寻觅不到了,所以他的歌是没有词的。而那样的词在那个年代,就像插在围墙顶端的碎玻璃屏障一样,虽然阳光把它们照得五彩斑斓的,但你如果真想贴近它,跨越它,就会被扎得遍体鳞伤。

陈绍纯说如果没有这些歌,他恐怕就熬不到今天了。"文革"结束后,他又回到学校当教师去了,退休后,就开了深井画店。他之所以开画店,就是为了唱歌方便。家人不允许他在家唱,有一回他唱歌,家里的花猫跟着流泪。还有一回他唱歌,小孙子正在喝奶,他撒下奶瓶，从那以后就不碰牛奶了。他只得在外面唱歌。

天色越来越暗了，陈绍纯的面容在我面前已经模糊了。他对我说，在乌塘，最爱听他歌的就是蒋百嫂。蒋百失踪后，蒋百嫂特别爱听他的歌声。她从不进店里听，而是像狗一样蹲伏在画店外，贴着门缝听。她来听歌，都是在晚上酒醉之后。有两回他夜晚唱完了推门，想出去看看月亮，结果发现蒋百嫂依偎在水泥台阶前流泪。

陈绍纯的歌声就是在谈话间突然响起来的。他的歌声一起来，我觉得画店仿佛升起了一轮月亮，刹那间充满了光明。那温柔的悲凉之音如投射到晚秋水面上的月光，丝丝缕缕都洋溢着深情。在这苍凉而又青春的旋律中，我看见了我的魔术师，他倚门而立，像一棵树，悄然望着我。没有巫师作法，可我却在歌声中牵住了他的手，这让我热泪盈眶。

我回到旅店时，天已经很黑很黑了。周二和周二嫂在吵嘴，原来周二嫂用驴车带回了一个瘸腿人，此人是个农民，他老婆进城打工，一去两年，音信皆无。他去寻，发现老婆已跟一家餐馆的大厨厮混上了，他跟大厨格斗，被打折了一条腿。他没钱医治腿，又没钱乘车，就一路挂着拐回他的老家去。周二嫂在站前广场遇见了这个衣衫褴褛、神情憔悴的人。她就把他扶上驴车，想让他来旅店睡宿好觉，喝碗热汤。不料周二对她的义举大为不满，说这个人病得快成灰了，万一死在店里，他的家人找来讹上我们，岂不是好心当成了驴肝肺？周二嫂觉得委屈，她说周二，我领回的要是个女人，你就不这么吹胡子瞪眼睛的了。周二气急了，他跺着脚说，你就是领回个天仙，我也只和你睡！

我回到房间，洗了把脸，关了灯，躺在床上。我的枕畔放着一个电动剃须刀盒，这是魔术师的。他在时，我常常在清晨睡意蒙眬时，听到他刮胡子的声音。那声音很像一个农民在开着收割机收割他的麦子。他永别我后，我将他遗落在枕畔的几根头发拾捡起来，珍藏在他变魔术用的手帕中。而这个剃须刀槽盖中，还存着他没来得及清理的被碾成了齑粉的胡须。我觉得那里仍然流淌着他的血液，所以也把它珍藏起来。我带着它出来，就是想让它跟我一起完成三山湖的旅行。对我而言，它就是一个月光宝盒。我抚摩着它，想着第二天仍然可以到深井画店倾听陈绍纯的歌声，便有一种伤感的幸福弥漫在周身。然而就在那个夜晚，陈绍纯永别了这世界沉沉的暗夜，他把那些歌儿也无声无息地带走了。

第五章　沉默的冰山

我是在凌晨跟周二寻找瘸腿人时，得知陈绍纯的死讯的。

周二如以往一样早起，套上驴来拉磨。他正往磨眼中填泡好的黄豆的时候，为客人烧洗脸水的周二嫂慌慌张张地闯进磨房，对周二说，不好了，那个腿坏了的人不见了！住店的大都是周二嫂的老客人，譬如运煤的司机、拉脚的小贩或是收购药材的商人，周二嫂就把大家都吆喝起来，帮助她寻找那个失踪的人。

周二嫂带着一行人朝西南方向寻找，而我和周二则奔向东北方向。天虽然亮了，但不是那种透彻的亮，街巷中几乎不见行人，它们灰暗、陈旧得像一堆烂布条。空气比白天要清爽一些。周二边寻找边和我嘟囔，说周二嫂就是这么个爱管闲事的女人，她要做的事，你若是不依，她倒不和你频繁地吵闹，她治理周二的办法就是在每日的餐桌上只摆上两碟咸菜和一盘馒头。周二在集市混了一天，最惦记的就是晚餐的烧酒和可口小菜，所以他轻易不敢拗着周二嫂行事。他说如果找不回那个人，周二嫂肯定会把酱缸中长了白醭的咸菜捞出来对付他。我宽慰周二，一个拄着拐的病人，他又能跑多远呢？谅他是不会出城的。

然而这个人确实消失得无影无踪了。凡是他能去的地方，比如公交车站、火车站、桥洞、居民区的自行车棚、垃圾箱、公园，甚至公厕，我们都找过了。我对周二说，也许周二嫂他们已找回他了，正喝着热汤呢，于是就折回旅店。岂料周二嫂一行也是失望而归，这一大早晨撒出去的两片网均一无所获，周二嫂泪眼蒙眬的。她责备周二，一定是昨晚她和丈夫吵嘴的话被那人听到了，他一想到男主人不欢迎他，就知趣地在夜半无人注意时悄悄离开。万一他死在半路上，周二就是杀人凶手。

周二不敢插言，唯唯诺诺听着。最后他说，他走不远，我再去找。我和周二又回到街上。周二说，驴白白拉了磨，今早的豆腐做不成了，这一天的生意算是白搭了，我也去不成集市了。昨天我和谢老铁下的半盘棋还撂在那儿，想着今天下完，下一步棋该怎么走我昨晚都想好了，咳！

我宽慰他，没准一会儿就能找到那人。周二忍不住埋怨道，你说一个大男人，脸皮怎么就那么薄啊，听了两句难听的就开溜了，还趁着夜色，真是属老鼠的，这不是成心要我和老婆闹别扭吗，妈的！

街巷中渐渐有了行人，天也亮了。在主干街道中，已出现了穿着橘黄背心扫街的环卫工人。我们向她们打听是否见着一个爬行着的人，她们都摇头说没见过。我们走过百货商场，走过医院，走过粮油店，从辉来街进入宽成街，又从宽成街插入月树街。灰蒙蒙的太阳升起来了，向阳的建筑物忍饥受冻了一夜，如今它们吮吸着阳光，看上去光洁而滋润。车声起来了，人语也起来了，街市也就有了街市的样子。我们顺着月树街自然而然来到回阳巷，远远的，就见深井画店不断有人进进出出。周二对我说，画店一定出事了，陈老先生从来不这么早开张，画店也不会在一大早来这么多人的。

我们加快了步伐，快接近画店时，周二碰到一个歪嘴的熟人，他说话有些含混不清，他告诉周二，陈老爷子死了，是让一幅画框给砸死的，如今正给他穿寿衣呢。周二拍了一下腿，说，陈老爷子怎么这么倒霉！歪嘴人说，听说他是让牛枕家的画框给砸死的，砸到脑壳上了！可能人老了，脑壳跟鸡蛋壳一样酥了，不经砸！歪嘴人说完，擤了一把鼻涕。

没有阳光跟着我们走进画店，因为深井画店在回阳巷的阴面。有四个人正抻着一块白布站在柜台里，从里面传来的声音，其中一个人低沉地对周二说，别过来，正穿着衣服呢。周二和我就像两根柱子似的无言地立在那里了。过了一刻，有一个人直起腰来，是一张老女人的脸，她吩咐那四个撑着白布的人，把白布蒙在陈老爷子身上，看来死者衣裳已经穿好了。几个人纷纷走出柜台，蹲到窗前的一个脸盆里洗手，仿佛他们刚刚做完一件不洁净的事似的。洗完手，几个人直起身来吸烟。周二问那个老女人，顾婆婆，陈老爷子是几时没的？顾婆婆深深吸了一口烟，说，今儿一大早我出门泼洗脸水，听见他家的店门被风吹得哗哗响，像是没闩的样子，我就过来看看。那门真的没闩，我进去一看，陈老爷子躺在地上，人早就凉了，他的脑袋旁横着个画框，框没散，玻璃碎了，镶在里面的画也好好的。我认出了那是牛枕他娘要的牡丹。他这是要把画挂在钩子上，失手了，把自己给砸死了。顾婆婆又深深地吸了口烟，说，俗话说得真对呀，该着井里死的，河里死不了！一个镜框，要是砸只蚂蚁，未见砸得死；砸个大活人竟这么轻巧，只能说明他该着这么死么！

顾婆婆话音才落，牛枕一脸丧气地进来了。大家见了他都不说话，他也只是反复说着"这可怎么好"一句话。顾婆婆吸完那支烟，将烟头扔掉，进了柜台里面，很快把那张肇事的牡丹图取了出来。她就像公安人员让罪犯认证一件血衣一样，将它摊在地上，对牛枕说，这是不是给你娘画的？

牛枕抽泣了一下，点了点头，眼里泪光点点。

那牡丹图果然比昨日看上去要鲜艳多了，红色的红到了极致，粉色的粉得彻底，看来陈绍纯老人已经重新修饰过了这张牡丹图。顾婆婆又点了一颗烟，对牛枕说，你说镶着这画的玻璃碎了不知多少块，可这张牡丹图呢，连个划痕都没有，真是奇了！

周二见牛枕看着画的那种哀愁欲绝的表情，就劝慰他说，如果陈老爷子不将画框悬在房梁下，而是像布店摆放布匹那样一匹匹地竖在柜台上，就不会出这样的事了。顾婆婆也说，陈老爷子也是怪，画又不是鱼干肉干，非要吊起来做什么，这下好，等于自己捉来个吊死鬼，被小鬼索了性命！

想到那些至纯至美的悲凉之音随着陈绍纯离开了这个世界，我流泪了。这张艳俗而轻飘的牡丹图使我联想起撞死魔术师的破旧摩托车，它们都在不经意间充当了杀手的角色，劫走了人间最光华的生命。有的时候，生命竟比一张纸还要脆弱。

顾婆婆就是与画店比邻的寿衣店的店主，她絮絮叨叨地对大家说，陈老爷子昨夜又唱他的丧曲了，唱了大半宿，她为了给张顺强家扎一对还愿用的纸牛纸马，闭店时快到午夜了，可陈老爷子还在唱歌。顾婆婆还说，她去陈老爷子家报丧时，陈老太婆好似睡着，被叫醒后听说她男人没了，一声都没哭，反倒打了一个呵欠，说，唱那种歌儿的，有几个好命的？她的儿孙们闻讯后也不显得特别悲戚，他们相跟着来到画店后，还争论这画店将来该做什么。大儿子说要开玩具店，小儿子说要开音像店，没谁掉眼泪。看他们那架势，用不上三天，他们就会把陈老爷子推进火葬场。

画店又涌进来几个人，他们拿着黑布、挽幛和几刀烧纸。其中一人的面容酷似陈绍纯，看来是他的儿子。顾婆婆问，你们就在画店布置灵堂啊？那个像陈老爷子的男子说，唔，我妈说了，不往家拉了，我爸喜欢画店，就让他从这儿上路。说完，他从兜里摸出五十元钱给顾婆婆，说这是赏给她的穿衣钱。顾婆婆显然对这个钱数不满，她谢也没谢，微微撇了一下嘴，将钱掖到裤兜里，说她店里没人照应，如果有事再去叫她，就出了画店。

我和周二也走出画店。周二走在前，我在后。我们出门时，牛枕还在哀愁地垂立着，看着那张牡丹图。周二回头对我说，看来牛枕今天跟他一样倒霉，他卖不成豆腐了，牛枕也别想着去集市卖肉了。

由于街巷的宽窄和深度不同，阳光投射下来的影子是不一样的。有的街道宽阔平坦，街两侧的建筑物又低矮，阳光的进入就活泼、流畅，街面上的光影就是明媚而柔和的。但如果是幽长而逼仄的小巷的话，再赶上巷子旁的房屋密集而挺拔，阳光的到来就颇为吃力，落在巷子中的光影就显得单薄而阴冷，回阳巷的阳光就是这样的。走在这样的小巷中，我越发有一种凄凉的感觉。周二见我失神，就不再回头与我搭话，他仍然不断地向行人打听挂拐人的下落，大家对他的回答总是说不知道。从周二疲沓的步态上，能明显感受到他的沮丧。

我们回到旅店，周二嫂已经心平气和地忙着早饭了。原来她碰见了一个运煤的跑长途的司机，他在离乌塘有五六里路的金平庄碰见了一个拄拐的人，他看上去比单脚立着的稻草人还要单薄，金平庄的一个养鸡户正张罗着给他搭便车，让他回家。周二嫂明白这个倒霉蛋碰上了好心人，心中也就安宁了，对周二的态度也和悦了，问他早餐想吃什么咸菜。周二一见周二嫂云开日朗，连忙回磨房做他的豆腐去了。赶不上上午的集市，他下午去也来得及。

周二嫂告诉我，通往三山湖的火车已经通了，问我什么时候离开乌塘。我对她说不急。她问我民歌和鬼故事搜集得怎么样了，我便把陈绍纯的死讯告诉她。她听了一惊，说，这老爷子身子骨挺硬朗的，竟然死在一张画上，这就是命啊。她说他儿子的名字还是陈绍纯给取的呢,"文革"结束后,陈绍纯还给上头写了信,建议恢复老街巷的名字,回阳巷和月树街这些一度被废弃的名字,又重新回到街市中。按周二嫂的说法,陈绍纯是乌塘最有文化的人,她说就冲陈绍纯给她儿子取了名字的情分上,她一会儿也要买上几丈白布去吊孝。她还说蒋百嫂要是知道陈老爷子死了,一定会难过的,她喜欢他的歌儿。

周二嫂感受到了我的抑郁,她说我做的事跟采山货一样,山货的出现是分年份和气候的,搜集民歌和鬼故事也是。赶上这个年月听民歌的人少了,采集起来当然就困难,她劝我不要太难过。她说这两年蒋百嫂没少听陈绍纯的歌,她在夜晚酒醉回家后,也常哼上几曲,估计都是从深井画店学来的,这样我完全可以从蒋百嫂那里挖掘陈绍纯掌握的民歌。她的话使我死寂的心又燃起一簇希望之火。不过周二嫂对我讲，去蒋百嫂家里不那么容易，她早晨起得晚，没人敢这时敲她的门，她也不喜欢客人去；白天呢，她在集市卖油茶面；晚上她倒是回家的，但没个定时，或早或晚，而且如果赶上她喝醉了，带回家的就不仅是一身酒气，可能还会有一个男人，这时候更不便打扰她了。

我说没关系，我可以慢慢等待机会。

周二嫂笑着说，我可不是要拖你的腿，想让你在我的旅店多住几天啊。

我哪会那么想你呢，我说，你对那个没钱的瘸腿人都那么好。

一提起瘸腿人，周二嫂又叹气了。她说那个人实在可怜，一夜能拐到金平庄，幸亏夜里没下雨。不过晚上寒气大，天又黑，他不知遭了多少罪！说着说着，她的眼睛湿了。她告诉我,乌塘还有一个爱唱歌的人,她专唱婚礼上的歌,叫肖开媚,在城东开了家婚介所。她劝我不妨去见见她,也许她唱的歌对我也有用。

吃过早饭,我就步行到城东去找那家婚介所,还真的好打听,一找就找到了。不过肖开媚不在,只有一个嗑着瓜子的肥胖女人守在那里。她对我说,肖开媚今天有活儿,开鞋店的老杨的儿子结婚,她主持婚礼去了。我问肖开媚是否会在婚礼上唱歌,那女人竟然操着一口港台腔对我说,当然啦,她是去唱喜歌去的啦。乌塘的新媳妇,肖开媚要是不去给唱上几首喜歌,她们是不会入洞房的啦。她问我是不是也来预约婚礼的,我摇了摇头,她就兴高采烈地说,那你一定是登记找男友的啦,你喜欢医生吗,医生握着手术刀,又挣工资又拿红包,还不显山不露水的,安全!我这里刚刚登记了一个,他老婆得癌了，他让我先帮他物色着，他老婆是晚期癌症，挺不上几个月了。你喜欢警察吗，有个刚离婚的警察，带着个八岁的男孩，想找一个容貌说得过去的，我看你够标准啊！她一边喋喋不休地说着，一边取来一个花名册，哗啦哗啦地翻着，为我物色着人选。那一刻我觉得她就是拿着生死簿子的专门勾人魂魄的阎王爷，而我正不知不觉地踏入了地狱之门。从这样的环境中飞出来的喜歌，肯定透露着铜臭之气，不会让人的内心产生真正的喜悦。在我看来，真正的喜悦是透露着悲凉的，而我要寻找的，正是如梨花枝头的露珠一样晶莹的——喜悦尽头的那一缕悲凉！

我失望地离开婚介所，漫无目的地回到街巷中。见到街角有人卖金鱼，就凑上去看两眼；见到一个乞丐从垃圾箱中往出翻腾东西，也凑上去看两眼。天色有些昏黄，丝丝缕缕的云彩看上去就像是一片荒草。我进了一家录像厅，厅里光线微弱，汗腥味很浓，像是误闯了鱼虾市场。录像是循环放映，画面上是一个女人酥胸半露、同时与两个男人调情的镜头。我看了两眼，就乏味了，歪在破烂不堪的椅子上睡着了。这一觉竟然睡得比在旅店还要沉迷。等我醒来，电影已转为枪战片，一队穿迷彩服的士兵与一队穿便服的人在丛林中激战正酣，哒哒哒的枪声和火光交替出现。我觉得肚子饿了，晃晃悠悠地步出录像厅，一看手表，已是午后一时了，便就近踅进一家小吃店，要了一碗米饭，一盘地三鲜。在等菜的时候，听见两个面色黧黑的食客在议论刚刚发生的一件事情。说是那个唱喜歌的肖开媚今天上午主持鞋店老杨的儿子的婚礼时，被矿工刘井发给打了。肖开媚介绍了一个外乡来的女子给这矿工，谁也不知道她是来乌塘"嫁死的"。刘井发和她过了两年,总不见她怀孕,让她去看病吧,这小媳妇反而污蔑刘井发,说他的种子不好使。刘井发起了疑心,砸开了小媳妇终日上着锁的箱子,结果发现了好几张关于他的人身意外伤害保险单,刘井发将她暴打一顿,要休了她,小媳妇倒也不在乎,她说自己结婚前就戴了环,根本就没想给他生个一男半女的。刘井发认为婚介所的肖开媚一定是和小媳妇串通好了,介绍了这么个毒蝎女人给他,就揣上一把斧头,闹了老杨儿子的婚礼,在肖开媚的背上砍了十几斧子。如今肖开媚被拉进医院急救,刘井发被警车带走,搅得婚礼没点喜庆的气氛,老杨哀叹自己卖鞋招来了"邪气",连新媳妇敬的喜酒都不吃了。

咳,你说这新媳妇戴着个环和人家结婚,等于往肚子里放了一张网,那刘井发撒下的鱼苗再好,也是个被擒的命！其中那个长着对招风耳的食客说。

另一个吃东西时发出响亮吧唧声的食客说，我要是娶了这样的媳妇，就把她捆上，让她天天跪在门槛上，每隔五分钟喊我一声"爷爷"，不喊就揍，我就不信弄不服帖她！他进而分析煤矿事故多的原因，那是由于地下是阎王爷居住的地方，活人天天下去采煤，等于掘阎王爷的房子，让他不得安生，他当然要大笔一挥，取出生死簿子，把那些本不该壮年死去的人的名字一一勾上，提早带走他们。所以死在井下的矿工，总是三五成群。

招风耳说，现在行了，下井的一班是九个人，上头不是有文件吗，超过十人的死亡事故才上报，死九个人，等于是白死！

王书记也真是命好，小鹰岭煤矿那次事故，要是蒋百也在井下，刚好是十个人，一上报他就得倒霉，还不得来个行政记大过处分？哪有日后被提拔的份儿！妈的，蒋百也真是甜和他！你说蒋百究竟去哪儿了，我估摸着他那天还是下井了，只不过没找到尸首罢了。不然他家的狗怎么天天还是去汽矿站迎他？狗从哪儿把人送走，自然是在哪儿等主人回来的！

他们接着慨叹被不明不白抛弃了的蒋百嫂，慨叹糊里糊涂没了爹的蒋三生，慨叹采煤不是人干的活儿。本来他们的饭已吃完了，慨叹来慨叹去，他们觉得世事难料，就说不如趁着休班，一醉方休，明天下了井，能不能回来，还两说着呢。我这才明白，他们也是矿工，难怪他们的脸那么黑呢，好像每一道皱纹里都淤积着煤渣。他们要了一斤烧酒，两个小菜，开始了新一轮的吃喝。在这种时刻，我也特别想喝上一点酒。我吆喝来店主，要他为我拿一壶酒，添上一碟五香花生米和一碟咸鱼。店主吃惊地看着我，半晌没有反应过来，他大约没有见过一个女人会来这里要酒喝，所以当他朝灶房走去的时候，不由自主地嘟囔道：又一个蒋百嫂——

两个矿工无所顾忌地聊着天，他们一会儿讲邻里间的事儿，一会儿又讲亲戚间的事儿和夫妻间床上的事儿，非常的放纵，又非常的快乐。我呢，对着几碟小菜独斟独酌着。小吃店的卫生状况很差，苍蝇络绎不绝地在杯盘碗盏间飞起落下，赶都赶不及，只好对它们听之任之，也算有生灵陪着我这孤独的酒客。

时光在饮酒的过程中悄然流逝了。裹挟在酒中的时光，有如断了线的珠子，一粒粒走得飞快。不知不觉间，天色已暗淡了，那两个矿工是什么时候走的我竟一无所知。我飘摇着向外走的时候，店主吆喝住了我，说,哎,你还没付账呢!看来我把这小吃店当成了自己的家。我掏钱买单的时候,店主问我,你不是乌塘人吧?我点了点头。店主把零钱找还我的时候,说,世上没有蹚不过去的河,遇事想开点!

我觉得自己轻飘得就像一片云。如果我真是一片云就好了,我能飞到天上,看看我的魔术师是否在云层背后、手持魔杖对我微笑。我叫了一辆人力三轮车回旅店。路过暖肠酒馆时,我看见了蒋百嫂的背影,她一定又去吃酒了。而她家的狗,正在路边有气无力地啃着一簇野草。

我回到房间倒头便睡,一条波光荡漾的大河出现在梦中。我站在此岸,望着对岸的青山,忽然看见一只鹰从青山中飞起。我的目光追随着这只鹰,它突然就幻化为一朵莲花形态的彩云;当我对着这云的娴雅之美而惊叹不已时，彩云又变为一只鹿，让人觉得天上也有丛林，不然这鹿缘何而生？正当我想要仔细察看鹿身后的天空是否有丛林时，它却变幻为一条摇头摆尾的鱼。而天空下面的青山，却依然是青山。我对着青山冥想之时，一阵哭闹声撕裂了我的梦境。睁眼一看，天已黑了，去拉灯，灯却依然黑着脸，像是与什么人生了气，不肯绽放笑容。我摸黑走出房间，见走廊尽头有一支蜡烛坐在花盆架上，它勃勃燃烧着，投下一带颤动的乳黄的光影。这光影于我来讲仿佛是一片片凋零的落叶，我小心翼翼地踩着它走过，踩出了一脚的苍凉。

正当我要走出屋子，想看看外面究竟发生了什么事时，背后传来了脚步声，回头一望，原来是周二擎着一盏油灯从磨房走了过来，他大概刚泡完豆子。黄豆不被泡软，是上不了磨盘，做不成豆腐的。

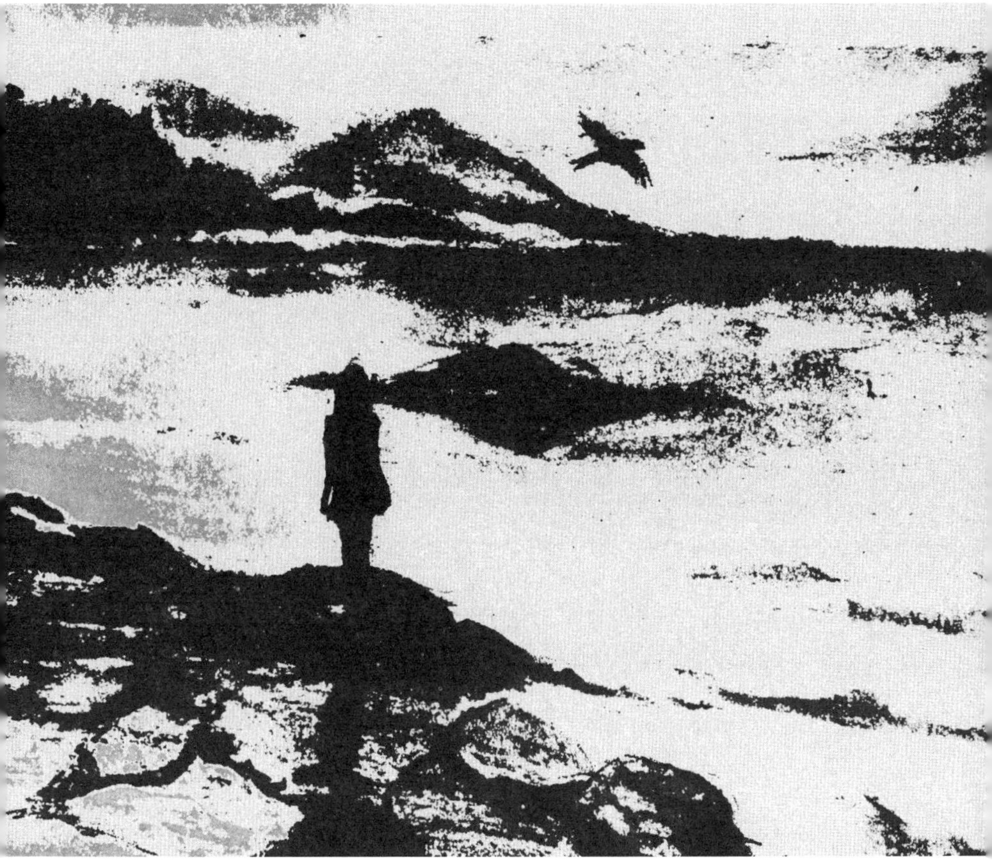

我问周二是谁在外面哭闹,听上去撕心裂肺的,怪瘆人的。周二叹了一口气,说,能是谁啊?是蒋百嫂!她醉了,又赶上停电,她就闹,非说要用炸药包把供电局给崩了!

周二对我说,蒋百失踪后,蒋百嫂似乎特别怕黑暗,逢到停电的时刻,她就跟疯了似的四处奔走呼号,绝不肯在家里待一刻。周二嫂为此买了很多包蜡烛送她,可是她并不喜欢烛光,嫌它身上不带电。给她送油灯呢,她非说油灯睁的是鬼眼,不怀好意地看她。周二嫂就买来一盏电瓶灯送她。按理说电瓶灯发出的光与电没什么区别,可蒋百嫂仍是嫌弃它,说它把电藏在自己的肚子中,不能传输给别的电器,是个废物。邻居们都知道蒋百嫂受不了没电的时光,所以一遇停电,周二嫂不管手上忙着什么紧要活儿,都要立马放下,去安慰蒋百嫂。蒋百嫂在停电时刻暴躁不安，而一旦室内电灯复明，她就奇迹般地安静下来了。

周二把油灯摆在门口的鞋柜上，陪我出去看蒋百嫂。街面上没有车辆驶过，也没有行人，路灯一律黑着脸，只有两束锐利的手电筒光在蒋百嫂身上闪来闪去，使她看上去像个站在水银灯下拍夜景戏的演员。

周二嫂说，你回屋吧，蒋百嫂，夜里凉，你要是感冒了，谁心疼你啊？你回了屋，电也就来了。

蒋百嫂跺着脚哭叫着，我要电！我要电！这世道还有没有公平啊，让我一个女人待在黑暗中！我要电，我要电啊！这世上的夜晚怎么这么黑啊！！蒋百嫂悲痛欲绝，咒骂一个产煤的地方竟然还会经常停电，那些矿工出生入死掘出的煤为什么不让它们发光，送电的人还有没有良心啊。

我从未见过一个女人为了争取光明而如此激愤，而这光明又必须是由电而生的，这让我困惑不已。蒋百嫂哭叫着，周二嫂和另外两名妇女则好言劝解着，打算把她架回屋子，可她像头被激怒的公牛一样，没有回去的意思，不断地往前挣，声言要买两吨炸药，把供电局炸成一片废墟。正当大家一筹莫展之际，路灯就像长了腿似的跳了一下，电闪闪烁烁地来了。蒋百嫂打了个激灵，立刻安静下来了。

路灯亮了，居民区的灯也亮了。光明中蒋百嫂虽然也是一脸的悲凉，但她已恢复了理智。她对周二嫂等人说着对不起，然后领着一直在旁边打着哆嗦的蒋三生回家。

蒋百嫂走后，我随着周二和周二嫂回旅店。周二一进门就奔向油灯和烛台，忙不迭地"噗噗"将它们吹灭。周二嫂说,蒋百嫂确实怪,一停电就跟疯了似的,任谁也劝阻不了,除非是电回来了,她才恢复平静。我觉得这其中一定隐藏着什么秘密。周二说,能有什么秘密呢,男人就是女人的电,缺不了的;离了这个电,再好的女人也干枯了!说着,十分自得地冲周二嫂挤着眼睛,似乎在提醒她,她身上的活力是他赋予的。周二嫂"呸"了周二一口,说,喂你的驴去吧,要不它明天早晨哪有力气拉磨!周二哼着小曲,乐陶陶地去磨房了。

在这样一个夜凉如水的夜晚,我特别想和蒋百嫂聊聊天。我没有征求周二嫂的意见,独自出了旅店,走进一家食杂店,买了两瓶二锅头、一包花生米、一袋酱鸡爪以及几个松花蛋,敲蒋百嫂家的门去了。

蒋百嫂的家门外挂着一盏灯,还吊着一串风铃,所以轻轻敲几下门,风铃就会跟着鸣响。那风铃很别致,一只彩色的铁蝴蝶下吊着四串铃铛,它们发出的声音非常清脆,看来蒋百嫂把它当门铃来用了。

开门的不是蒋百嫂,而是蒋三生。他见了我有些躲躲闪闪的。我问他,你妈在家吗?他先是说在,接着又说没在。他好像刚哭过,脸上的泪痕隐约可见。他立在那里,像个小门神,没有让我进屋的意思。

我认定蒋百嫂就在屋里,就说要进屋等她。蒋三生毕竟是个不谙世事的孩子,他噔噔地跑到一扇屋门前,说,是在周妈妈家住店的人,我说了你不在,可她还要进来等你!

我已经不请自进地跨进门槛了。一股香气扑鼻而来,是幽微的檀香气味,看来蒋百嫂在焚香。屋子素朴而整洁,陈设看上去规矩、得体,与我事先想象的零乱情景大不相同。有一点让我觉得奇怪,明明有两扇屋门,进门的小厅里却摆着一张小床,一看就是蒋三生的,蒋百嫂为什么不让他住在屋子里呢?

我把酒菜放在小厅的圆桌上。蒋百嫂推开一扇蓝漆门,提着一把黑沉沉的大锁头,赤红着脸走出来,反身把门锁上。她再次转过身来时连打了几个寒战,好像她刚从冰窖中出来。也许是刚才这一场哭闹消耗了她太多气力的缘故,她看上去有些疲惫,发髻也松垂了,几绺发丝像树杈那样斜伸出来,而她的唇角,漾着一点红,想必先前她暴怒之时不慎咬破了它。她有些木然地面对着我,久久无话,只是不断地伸出舌头舔舐唇角,微蹙着眉。那血迹被吸干后,慢慢地又洇了出来,好像她的唇角是个火山喷发口,金红的熔岩要不断涌现。

你找我有事么?蒋百嫂哀哀地看着我。

那天我来乌塘,在暖肠酒馆,你邀我喝酒,我不识相，今天特地带了酒来，想和你喝上几盅，说说话，也算赔罪了。我看着她背后那扇上了锁头的门说。我从没见过一个人在自家屋内还得上锁，那里一定隐藏着秘密。

我听周二嫂说，你是来搜集鬼故事和民歌的。蒋百嫂吁了一口气对我说，我不会说鬼，更不会唱民歌。

今晚我不想听鬼故事，更不想听民歌，我说，我只想跟你喝酒。我盯着她满怀哀愁的眼睛，说，今天晚上太冷太冷了。说完这话，我确实觉得寒冷，忍不住打了一个哆嗦。

那好吧。蒋百嫂指着桌子上我带来的酒菜说，厅里凉，去我的屋里喝吧。她吩咐蒋三生把我带来的东西拿到里屋的地桌上。蒋三生答应着，麻利地将酒菜兜在怀里，奔向里屋，那样子活像一个甩着长尾巴的小松鼠抱着松塔快乐地前行。

檀香的气息越来越浓了，我故做轻描淡写地对蒋百嫂说，从那屋里飘出来的香气可真好闻啊，我在佛诞日常去寺庙烧香，闻到的就是这种气味。

蒋百嫂淡淡地说，那里面供着祖宗的牌位，所以时常要上上香，说完，她率先朝屋里走去。

在跟着蒋百嫂朝屋里走去的时候，我在她身后悄悄贴近那扇蓝门，我听见一阵"嗡嗡"的轰鸣声，好像里面有什么机器在工作，这更令我疑惑重重。供奉祖宗，环境应该是清净的，为什么还会有这样的声音发出？

蒋百嫂的屋子也是整洁的，屋子的布置以蓝印花布为主，比如窗帘、床单、缝纫机以及电视机上，挂的、铺的、苫的都是蓝印花布，看上去素雅而美观。我很难想象蒋百嫂会在这样的屋子里和形形色色的男人鬼混。

蒋三生已经把吃食搬到窗前的桌子上了。那是一张一米见方的方桌，左右各摆着一把椅子，桌上放着两双筷子，两个白瓷酒盅，还有半瓶喝剩的酒、一袋青豆以及半袋牛肉干。看来蒋百嫂常在这里邀人同饮。

三生，你睡去吧，没你的事了。蒋百嫂说。蒋三生答应着，乖乖回到门厅去了。

我问蒋百嫂，怎么给儿子取了这么个名字，听上去老气横秋的。蒋百嫂说，我头一胎流产了，流下的是对双胞胎，照算命人的说法，我算是有过两个孩子了，他出生，排行就是老三了，当然得叫他三生了。

哦，流了产的孩子也算数啊，我说。

那不也是从自己身上掉下来的肉么，当然算数了。蒋百嫂问我，你有孩子吗？

我摇摇头。

蒋百嫂问,你没结婚?要不是你不会养活?再不就是你男人不行?我笑了,说,都不是。停顿了一刻,我告诉她,我正想要孩子的时候,我爱人离开了我,他不久前去世了。

蒋百嫂叹息了一声,哀怜地看了我一眼,说,咱姐俩原来是一个命啊。

我心中想,难道蒋百并不是失踪,而是死了?

蒋百嫂大概意识到失言了,她将我让到椅子上,说,我男人失踪了快两年了,没有一点音信,我这不也等于守活寡么?

见我没有附和,她又机智地引入先前的话题,说她怀的那对双胞胎之所以流产,是被丈夫给吓的。那年矿上发生透水事故,蒋百那天也下井去了,听到消息后,她认定蒋百已别她而去,一阵哭嚎,不想动了胎气,白白葬送了一对双胞胎的性命。其实那天出事的现场，并不在蒋百的作业点。蒋百安然无恙地回来了，可她的肚子却像一片破网似的瘪了。她慨叹做矿工的孕妇，肚里的孩子随时可能成为遗腹子。

蒋百嫂坐下来，她家的电话响了。电话被蒙在床单下，铃声乍响时，感觉床下有个妖怪在叫，吓了我一跳。蒋百嫂撩开床单接起电话，喂了一声，有些不耐烦地说，我在集市站了一天，腰疼，闩门睡了！说着，气咻咻地搁下听筒。我猜这或许是哪个男人想来这里讨便宜，反倒讨了个没趣。

蒋百嫂坐到我对面的椅子上，启开酒对我说，要是诚心跟我喝，得连干三盅。我答应了。她熟稔地斟酒，瓷盅里的酒荡漾着，不能再多一滴，也不能再少一滴的样子。三盅酒落肚，只觉得从口腔直至肚腹有一条火光在寂静地燃烧，身上热乎乎的，分外舒展。蒋百嫂指着我的脸笑着说，这世上爱涂胭脂的人真是傻啊，酒可不就是最好的胭脂么！你瞧你，一喝上酒，黄脸就成了桃花脸，要多好看有多好看！

一喝上酒，我们就比先前显得亲密了。她问我，你男人是干什么的？怎么死的？我一一对她说了，蒋百嫂挑着眼角说，魔术师不就是变戏法的么？你嫁个变戏法的，等于把自己装在了魔术盒子里，命运多变是自然的了！

我是一个不愿意在人前流泪的女人，但在蒋百嫂面前，我泪水横流，因为我知道她的心底也流淌着泪水。蒋百嫂一盅一盅地斟着酒，我一盅一盅地啜饮着，我就是一堆冰冷的干柴，而这如火苗一样的酒，又把我燃烧起来。我絮絮叨叨地叙述魔术师离开我后，我怎样一次次在家里痛哭，怕惊扰了邻居，我就跑到卫生间，打开水龙头，将脸贴近它，让我的泪水和着清水而去，让我的哭声融入哗哗的水流中。我还讲了魔术师的葬礼，来了多少人，别人送的花圈又如何被我清理出去，甚至他将被推进火化炉前，我对他最后的乞求，乞求他把自己变活，以及我留在他冰冷的额头上的最后一个热吻，都对她毫无保留地倾诉了。很奇怪，蒋百嫂对我的这番话并没有抱之以同情，相反倒是一阵接着一阵地冷笑，好像我的哀伤不足挂齿，她这种冰冷的态度让我不寒而栗！

蒋百嫂沉默着，她启开另一瓶酒，兀自连干三盅，她的呼吸急促了，胸脯剧烈起伏着，她突然"哇——"的一声大哭起来，说，你家这个变戏法的死得多么隆重啊，你还有什么好伤心的呢！他的朋友们能给他送葬，你还能最后亲亲他，你连别人送他的花圈都不要，烧包啊，有的人死了也烧包啊。你知不知道，有的人死了，没有葬礼，也没有墓地，比狗还不如！狗有的时候死了，疼爱它的主人还要拖它到城外，挖个坑埋了它；有的人呢，他死了却是连土都入不了啊！她这番话使我联想到蒋百，难道蒋百已经死了？难道死了的蒋百没有入土？不然她何至于如此哀恸？

蒋百嫂彻底醉了，她一会儿哭，一会儿笑，一会儿诉说。她拍着桌子对我说，乌塘的领导最怕的是她，如果她想把领导从官椅上拉下来，那就跟碾死一只蚂蚁一样容易。他们现在戴的是乌纱帽，可只要我蒋百嫂乐意，有一天这乌纱帽就会变成孝帽子！

蒋百嫂唱了起来，她唱的歌与陈绍纯的一样，是哀愁的旋律。不过那歌里有词，而歌词反反复复只是一句：这世上的夜晚啊——，听得我内心仿佛奔涌着苍凉而清幽的河水。她唱累了，摇摇晃晃地扑到床上，睡了。是午夜时分了，我毫无睡意，只是觉得头晕，如在云中。

蒋百嫂哼着翻了一下身，她的黑色棉线衫褪了上去，露出了腰肢，我看见她的腰带上拴着一把黄铜大钥匙，我认定它属于那扇上了锁的蓝漆屋门的，便悄悄走上前，取下那把钥匙。

我掂着那把钥匙走出去，小厅的灯关了，看来蒋三生已经睡了，依稀可见小床上蜷着个小小的人影。我镇定一番，打开那把锁，推开屋门。扑向我的是檀香气和光影，屋子吊着盏低照度的灯，它像一只蔫软的梨一样，散发出昏黄的光。这屋子只有七八平方米，没有床，没有桌椅，四壁雪白，拉得严严实实的窗帘也是雪白的,有一种肃穆的气氛。北墙下摆着一台又高又宽的白色冰柜,冰柜盖上放着一只香炉、一盒火柴、一包檀香以及供奉着的一盘水果。冰柜的压缩机正在工作,轰鸣声在寂静的夜里听上去像是一声连着一声的沉重的叹息,我明白先前听到的嗡嗡声就是这个大冰柜发出来的。蒋百嫂为什么会在冰柜上焚香祭祖,而却不见她祖宗的牌位?我觉得秘密一定藏在冰柜里。我将冰柜上的东西一一挪到窗台上,掀起冰柜盖。一团白色的寒气迷雾般飞旋而出,待寒气散尽,我看到了真正的地狱情景:一个面容被严重损毁的男人蜷腿坐在里面,他双臂交织,微垂着头,膝盖上放着一顶黄色矿帽,似在沉思。他的那身蓝布衣裳,已挂了一层浓霜,而他的头发上,也落满霜雪,好像一个端坐在冰山脚下的人。不用说,他就是蒋百了。我终于明白蒋百嫂为什么会在停电时歇斯底里，蒋三生为什么喜欢在屋顶望天。我也明白了乌塘那被提拔了的领导为什么会惧怕蒋百嫂，一定是因为蒋百以这种特殊的失踪方式换取了他们升官晋爵的阶梯，蒋百不被认定为死亡的第十人，这次事故就可以不上报，就可大事化小。而蒋百嫂一定是私下获得了巨额赔偿，才会同意她丈夫以这种方式作为他生命的最终归宿。他没有葬礼，没有墓地。他虽然坐在家中，但他感受的却不是温暖。难怪蒋百嫂那么惧怕夜晚，难怪她逢酒必醉，难怪她要找那么多的男人来糟践她。有这样一座冰山的存在，她永远不会感受到温暖，她的生活注定是永无终结的漫漫长夜了。

我悄悄将冰柜盖落下来，再把香炉、火柴、果盘一一摆上去。我锁上门，把钥匙拴回蒋百嫂的腰带上，走出她的家门。这种时刻，我是多么想抱着那条一直在外面流浪着的、寻找着蒋百的狗啊，它注定要在永远的寻觅中终此一生了。我很想哭，可是胃里却翻江倒海的，那些吞食的酒菜如污泥浊水一般一阵阵地上涌，我大口大口地呕吐着。乌塘的夜色那么混沌，没有月亮，也没有星星，街面上路灯投下的光影是那么的单调和稀薄，有如被连绵的秋雨沤烂了的几片黄叶。我打了一串寒战，告诉自己这是离开乌塘的时刻了。

第六章　永别于清流

我已经把脸涂上厚厚的泥巴,坐在红泥泉边,没人能看见我的哀伤了。比之乌塘,三山湖的阳光可说是来自天堂的阳光,清澈雪亮如泉水。涂了泥巴的身体被晒得微微发热,我觉得自己就是一块被放到大自然中等待焙制的面包,阳光用它的文火,<u>丝丝缕缕地烤炙着我</u>。泉边坐着一些如我一样浑身涂满了泥巴的人,他们也在享受阳光和清风,我无法看见他们脸上的表情,大家脸上的表情,都被那浓云一样密布的泥巴给遮蔽了,所以我不知道他们是哀愁呢还是快乐。

原来的红泥泉被划分为两个区域,男女各半,只要望见一群涂了泥巴的人中青烟缭绕着,那一定是男人所在的地方,这群泥人喜欢手里夹着香烟,边抽边享受阳光。后来红泥泉的生意不如其他的温泉,经营者分析这是把男女分开的缘故,于是两个区域又合二为一,男男女女可以混杂在一起。果然,生意又渐渐回潮。原来之所以将男女分开,是由于许多男宾客连短裤都不穿,说是泥巴已将私处严严实实裹上,短裤实在是多余。而一些随意的女宾客,也喜欢裸露着乳房。男女混杂之后,规定是入红泥泉的客人必须要穿背心和短裤,但违规者大有人在,经营者权当看不见,听之任之。其实柔软的红泥已经是上帝赐予人类最好的遮羞布,客人的选择不是没有道理的。一群泥人坐在红泥泉边的情景,让我联想到上帝造人的情形。这种能治疗很多疾病的红泥,淤积在碧蓝的湖水深处，柔软细腻，一触摸便知是经过了造物主千万次的打磨、淘洗，又经过了千百年和风细雨的滋润，才酿得如此的好泥。

坐在泉边的，有许多对恋人。虽然身裹泥巴不方便讲话，但从他们手拉手的举止上，完全能感受到他们的脉脉深情。情侣们的目光，也就跟这光芒四射的阳光一样，火辣辣的。我是多么的羡慕这样的目光啊。如果魔术师坐在我身边，他也会拉着我的手的，可他却被一头跛足驴给接走了。我在心底轻轻呼唤他的名字，泪水奔涌而出。泪水使脸上的红泥更加润泽，融入红泥的泪水已经被调化为最养颜的膏脂了。

我通常上午时将通身涂满泥巴，坐在红泥泉边释放泪水，午后再去真正的温泉浸泡一两个小时。从温泉出来，换上便装，即可一身清爽地在三山湖景区闲走。

我喜欢逛卖火山石的摊床。那些火山石形态不一，被开发出的产品也就各不相同。那些嶙峋峥嵘的因其妖娆之气而被作为盆景；细腻光滑的则被凿成笔筒和首饰盒；而纹理如蜂窝一样粗糙的，十有八九被当作了磨脚石。在卖磨脚石的摊床前，我遇见了一个七八岁的男孩，与其他赤膊、光头的男孩不同，他戴一顶宽檐草帽，穿着长袖衫，长裤，袖筒宽大，而且衣着的颜色是藏青色的，看上去老气横秋，他袒露于脸上的笑容，便有一种受挤压的感觉。他在摊床前招揽生意，而进行交易的，是一个面色黧黑的站在少年身后的独臂男人。男孩不像其他的生意人，采取的是花言巧语的吆喝或是围追堵截的兜售，他用变戏法的办法引起游客的注意。只见他手里握着一枚温泉煮蛋，把玩片刻后，这鸡蛋忽然幻化为一块磨脚石，当游人对着磨脚石惊叹不已时，他又把鸡蛋飞快地变回掌心中。游人喜爱这男孩，就是不买磨脚石，也要买上两枚鸡蛋，清瘦的独臂人的生意也就比其他卖火山石的摊床要好得多了。

经过摊床的次数多了，我知道独臂人姓张，男孩叫云领，他们是一对父子。因为其他的生意人跟他们说话时，对独臂人爱说，老张，你行啊，你家云领在前面变戏法，你后面收着银子！而对男孩说的则是，云领，你这小东西这么会变戏法，在三山湖可惜了，你该进大城市去！当然，也有人用鄙夷的目光瞟着男孩，撇着嘴说，手脚这么快，别出落成个贼！

云领变的戏法，明眼人能一眼望穿，他的那两条腕口紧束的宽大袖筒，因为预先放置了鸡蛋和磨脚石，沉甸甸地下垂着，仿佛里面藏着猫。但我喜欢看他带着一股大人的神色展览他的招数，他能让我想起魔术师。我三番五次地去，接二连三地买磨脚石，旅馆房间的旅行袋中，聚集了太多的火山石，好像我是个采集矿石标本的地质学家。

有一个下午，我又去了云领家的摊床。他显然对我已熟识了，见了我唇角浮出一缕笑容。那笑容很像晚秋原野上的最后的菊花，是那种清冷的明丽。我带了一条五彩丝线，先向他展示那丝线的完整，然后将它轻轻抖搂一下，丝线就断为两截了；当云领目瞪口呆时，我轻轻倒一下手，丝线又连缀到了一起。云领咽了一口唾沫，回身看了一眼父亲，很无助的样子。独臂人警觉地看着我，拈起一块磨脚石对我说，你天天来我家的摊位，这个白送给你，算是我的一点心意。我接过火山石，掂了掂，把它又还给独臂人。

云领不再变戏法了，他定定地盯着我，问我怎么也会干这个。好像我抢了他的饭碗,他的神情中带着浓浓的委屈和隐约的愤怒。我想告诉他一个魔术师的妻子做这点小把戏算不得什么,可我没有说。我鼓励沮丧的云领接着做生意,我不过是想逗逗他玩而已。独臂人这才对我和颜悦色,他送给我两枚泉水煮蛋。我拿着鸡蛋刚散步到另一个卖火山石的摊床前,云领追了过来,气喘吁吁地站在我面前,什么也不说,满怀乞求的样子。我问他,你爸爸让你讨要这两只鸡蛋的钱?他摇了摇头。我又问,你想让我再买几块磨脚石?他依旧摇了摇头。他犹豫了许久,才吞吞吐吐地问我住在哪座旅馆,说他散了摊儿后想去找我。我笑了,问,你想跟我学魔术?他的眼睛立刻就湿润了,他急切地问,你真的是魔术师?我笑着摇摇头,他似乎有些失望。不过当我告诉他我住的旅馆的名字和房间号码时,他还是显出热情,我说完后,他重复了两遍,以求记牢。

夜幕降临,泡温泉的人少了,去娱乐的人多了。三山湖景区的咖啡屋、餐馆、酒吧、按摩屋、歌厅、台球室和保龄球馆灯影灿烂、人声鼎沸。在景区的西北角,聚集着一群放焰火的游客。大多的游客来自禁放焰火的大都市,所以三山湖设置了这样一个自由放焰火的娱乐项目,深受游客喜爱。夜幕如一块巨大的沉重的画布,而在半空中明媚升腾变幻着的焰火则如滴滴油彩,将这块本无生气的画布点染得一派绚丽,欢呼声和着焰火的妖娆绽放阵阵响起。我远远地看了会儿焰火,就回客房等待云领。

云领不是自己来的,当敲门声响起,我打开房门后,发现站在昏暗走廊里的,还有独臂人。他们见了我并不说话,只是笑着。大人和孩子的笑都不是发自内心的，所以那几团笑容让我有望见阴云的感觉。我将他们让进屋门。

云领的装束与白天一模一样，连草帽还戴在头上，看来这草帽并不是为了遮阳的。而独臂人则换下了白汗衫和蓝裤子，穿上了一套黄绿色的套装，这使瘦削的他看上去格外像一株已经枯黄了的草。云领比独臂人显得要大方一些，他不请自坐在窗前的沙发上，还欠着屁股颠了几下，大约在试探沙发的弹性。已经被无数客人压迫得老朽的沙发，发出喑哑的叫声。独臂人呢，他大约觉得沙发是奢侈品，他打量了它半晌，最后还是坐在了梳妆镜前的一把硬木椅子上，而且坐得很端正。我倒了两杯白水分别递给他们，独臂人慌张地站了起来，连连说他不渴，将水接过来后放在了梳妆台上；云领呢，他痛快地接过杯子，托在掌心旋转着，问我，你能把白水变成红水吗？我说不能。云领笑着说我能，他的手抖了一下，那杯水就是红色的了，不知他眼疾手快地往水里投了什么颜料。独臂人训斥儿子，云领，你不是来学习的吗？怎么这么不谦虚，白白糟践了一杯水！云领说，这是食用色素，药不死人，怎么就不能喝呢！说完，咕嘟咕嘟地将那杯水一饮而尽。

独臂人呵斥云领的那番话，已经让我明白他们来这里的意图了。果然，独臂人恳求我，希望我能教云领几套新的招数，因为他下午时见我能把五彩丝线断了又连接上，一看就身手不凡，是大地方来的魔术师。而云领会的招数，客人已经不觉得新鲜了。说完，他用那唯一的手从裤兜里掏出一百元钱，将它放在梳妆台上，说，就当是学费了，你别嫌少，你要是愿意，明儿再去我的摊子拿几块磨脚石！

到了这种时刻，我只能如实告诉他，我只会这点小把戏，真正懂魔术的是我丈夫，可他不久前去世了。独臂人"啊啊"地叫了两声，说着对不起，我没有想到会是这样。他继而问我，魔术师是怎么死的？我告诉他是一辆破烂不堪的摩托车撞死了他。独臂人叹了一口气，说，这就是命啊，像云领他妈，一条小狗就要了她的命！

独臂人对我说，以前他和妻子一直在三山湖景区做工，他为客人放焰火，妻子则受雇在发廊工作，她剃头剃得好。来三山湖度假的都是些有钱人，他们不仅带着情人来，有的还抱来自家的宠物，非猫既狗。那些狗没有个头大的，一个个娇小玲珑，有的头上还扎着蝴蝶结，拾掇得比小女孩都漂亮。有一天，发廊来了一个抱着小狗的女宾客，云领他妈给她剪头发时，它还安安静静地待在主人怀里,可当她为客人喷摩丝时,小狗以为主人受到了威胁,跳起来咬了云领他妈的手,把手背给咬破了。女宾客倒也不是个吝啬的主儿,拿出二百块钱,让云领他妈去打狂犬疫苗。发廊的老板娘对云领他妈说,一只小狗,天天又洗澡,比人都干净,能有什么病菌啊,这钱不如分了算了。于是,老板娘留下一百,云领他妈拿回一百,觉得捡了个大便宜。那伤口好得很快,结痂后又长了新皮,可是几个月后,妻子突然间变了个人似的,她整天暴躁不安,常常和客人大吵大闹,只要拿起剪刀,想的就是给客人剃光头,老板娘辞退了她。原想着她回到家后就会安静了,可她照例闹个不休,她最不能看见水,一见了水就会哆嗦在墙角。家人把她送到医院,诊断是患了狂犬病,没有多久,人就死了。独臂人说到这儿,声音哽咽了,云领大约也跟着难受了,他说要撒泡尿,跑到卫生间去了。

独臂人说,云领很忌讳别人说他妈妈死了,他总说她去了另外的地方了。他从不去妈妈的坟上,说是妈妈没有待在土里。这两年阴历七月十五的夜晚,他总是提着一盏河灯独自出门,说是单独去会他的妈妈,别人不能跟着。他去哪里放河灯,连他这个做父亲的都不知道。想必他走了很远很远的路,因为他回来时,总是午夜时分。独臂人说,后天又是七月十五了,云领那天晚上又得出门了。咳,我真不放心他一个人走夜路。

云领从卫生间出来了,他红着眼圈,似乎刚刚偷偷哭过,可脸上却做出无所谓的表情,他耸着肩,抱怨这家旅馆的卫生间小,没有其他湖畔山庄的大,做出一副见多识广的样子。我问他为什么晚上还要戴着草帽,他此时露出了真正属于儿童的天真笑容,说,我寻思你能教我变戏法呢,你看——云领摘下草帽,只见草帽的底部嵌着个镶着纱布的胶圈,将密封的胶圈轻轻一掀,就可看见藏在里面的红绸带、白手帕和火山石打磨出的项链等物件。不用说,这是他为变戏法而设置的一道机关,是他的魔法的后花园。

独臂人对云领说,阿姨不是魔术师,这下你死了心了吧?天晚了,阿姨该歇着了,咱回家吧。

云领答应着,将草帽扣回头上。我将梳妆台上的钱拿起,还给独臂人,他有些不好意思地接了,攥在手心中,说,明儿你去我那儿再选几块磨脚石,带回城里送人去吧。

我对独臂人说不必了。我转向云领,请求他七月十五放河灯时将我也带上。云领看了看父亲,又看了看我,最后盯着自己的鞋尖又看了半晌,才对我说,你要是给你家魔术师放河灯,我就带着你。我说当然了,我不会给别人放河灯的。云领又说,你别穿高跟鞋,路很远。我点了点头。云领就对父亲说,那你今年得多做一盏河灯了。

七月十五的夜晚,我早早就吃过饭,换上旅游鞋在房间里等云领。站在窗前,可望见升腾着的焰火。焰火是人世间最短暂又最光华的生命,欣赏它的辉煌时,就免不了为它瞬间的寂灭而哀叹。七点左右,云领来了,他仍然穿着藏蓝色的衣服,不过没戴草帽,这使他看上去显得高了一些。他挎着一只腰鼓形的竹篮,篮子上放着一束紫色的野菊花。我想河灯一定掩映在野菊花下。

月亮已经走了一程路了,它仿佛是经过了天河之水的淘洗,光润而明媚。我跟着云领走出三山湖景区,踏上一条小路。

明月中的黑夜就不是真正的黑夜了,不仅小路清晰得像一条闪着银光的缎带,就连路边矮树丛中的各种形态的树叶也能看得清楚。我问云领要走多远,他说到了地方你就知道多远了。我又问他,你爸的胳膊是怎么没了的?云领说,他不是在景区给游人放焰火么,我妈走了的第二年,有一个南方来的老板非让我爸手托着大礼花给他放,那天是那个老板的生日。礼花有一个纸箱那么大,值一千多块钱呢。我爸帮他放这个礼花,他给二百块钱。哪知道这礼花跟炸药包一样劲大,一点着火就把我爸掀了个跟头,焰火上天了,我爸的一条胳膊也跟着上天了。从那以后,他才带着我卖火山石的。

我叹息了一声,听着云领的脚步声,看着月光裹挟着的这个经历了生活之痛的小小身影,蓦然想起蒋百嫂

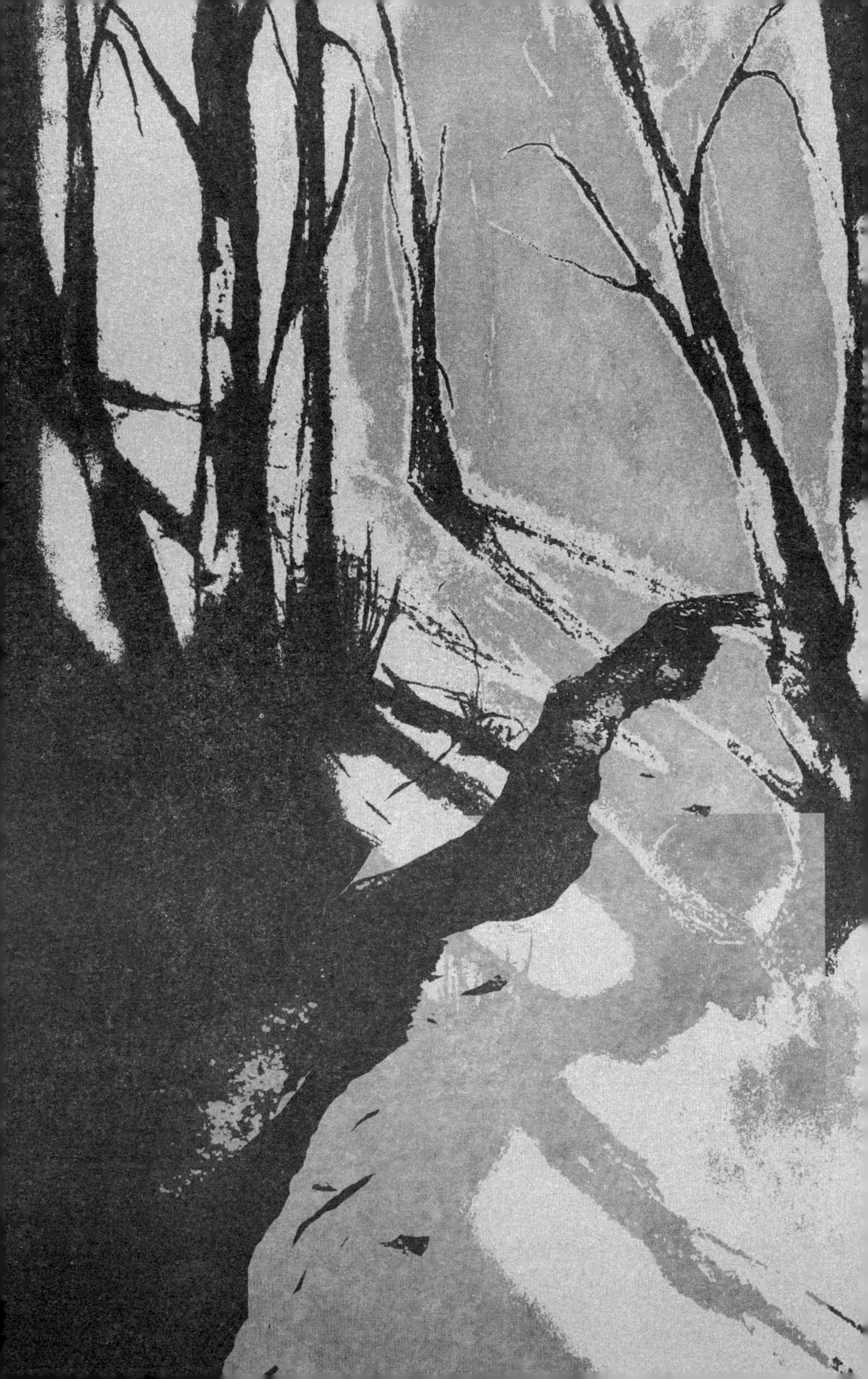

家那个轰鸣着的冰柜,想起蒋三生,我突然觉得自己所经历的生活变故是那么那么的轻,轻得就像月亮旁丝丝缕缕的浮云。

穿过一片茂密的树丛后,云领问我听到什么没有。我停下来,谛听片刻,先闻几声鸟语,接着便是淙淙的水声。云领对我说,清流到了。

据云领讲,清流是离三山湖最远、也是最清澈的一条小溪。他妈妈曾对他讲,一个人要是丢了,只要到清流来,唤几声他的名字,他的魂灵就会回来。

月光下的清流蜿蜒曲折,水声潺潺。这条一脚就能跨过去的小溪就像固定在大地的一根琴弦。弹拨它的,是清风、月光以及一双少年的手。云领放下篮子,撩开野菊花,取出两盏河灯,又取出火柴,一一将它们点燃,将一盏莲花形的送给我。他对我说,他妈妈喜欢吃南瓜，所以他每年放的河灯都是南瓜形的。云领先把几枝野菊花放在清流上，然后怕我搅扰了他似的，捧着河灯去了上游。我打量着那盏属于魔术师的莲花形的河灯，它用明黄色的油纸做成，烛光将它映得晶莹剔透。我从随身的包中取出魔术师的剃须刀盒，打开漆黑的外壳，从中取出闪着银光的剃须刀，抠开后盖，将槽中那些细若尘埃的胡须轻轻倾入河灯中。我不想再让浸透着他血液的胡须囚禁在一个黑盒子中，囚禁在我的怀念中，让它们随着清流而去吧。我呼唤着魔术师的名字，将河灯捧入水中。它一入水先是在一个小小的旋涡处耸了耸身子，仿佛在与我做最后的告别，之后便悠然向下游漂荡而去。我将剃须刀放回原处，合上漆黑的外壳。虽然那里是没有光明的，但我觉得它不再是虚空和黑暗的，清流的月光和清风一定在里面荡漾着。我的心里不再有那种被遗弃的委屈和哀痛,在这个夜晚,天与地完美地衔接到了一起,我确信这清流上的河灯可以一路走到银河之中。

从清流返回的路上,我和云领都没有讲话。月亮因为升得高了,看上去似乎小了一些,但它的光华却是越来越动人了。我们才进三山湖景区,就望见独臂人像棵漆黑的椴树一样,候在月光下。我谢过这对父子,回到旅馆,换下旅游鞋,清清爽爽地洗了个澡,将装着剃须刀的盒子放在床头柜上,半倚床头,回味着这次旅行。突然,我听见盒子发出扑簌簌的声音,像风一样,好像谁在里面窃窃私语着,这让我吃惊不已。然而这声音只是响了一刻,很快就消失了。不过没隔多久,扑簌簌的声音再次传来,我便将那个盒子打开,竟然是一只蝴蝶,它像精灵一样从里面飞旋而出!它扇动着湖蓝色的翅膀,悠然地环绕着我转了一圈,然后无声地落在我右手的无名指上,仿佛要为我戴上一枚蓝宝石的戒指。

(原载《钟山》2005年第3期)